CW01652308

04037_25 Catastrofica visita allo zoo - 02ED - Sig: 1

This book is very amusing
and relaxing, unfortunately
there is not an english
version.

We hope you enjoy it
just as much.

Nelli Mank

Shropshire August 2025

Oceani. 274

Dello stesso autore, presso La nave di Teseo:

La verità sul caso Harry Quebert
Il libro dei Baltimore
Il caso Alaska Sanders

Gli ultimi giorni dei nostri padri
La Tigre
La scomparsa di Stephanie Mailer
L'enigma della camera 622
Un animale selvaggio

Joël Dicker
La catastrofica visita allo zoo

Traduzione di Milena Zemira Ciccimarra

La nave di Teseo

Titolo originale: *La Très Catastrophique Visite du Zoo*

© 2025 Joël Dicker
© 2025 La nave di Teseo editore, Milano

ISBN 978-88-346-2025-0

Prima edizione La nave di Teseo marzo 2025
Seconda edizione marzo 2025

Per Wolf e Julia

Prologo. Conseguenze di una catastrofe

Per anni, nella piccola città dove sono cresciuta, è rimasto impresso nella memoria degli abitanti il ricordo degli avvenimenti che ebbero luogo allo zoo locale un venerdì di dicembre, pochi giorni prima di Natale.

E per tutti questi anni, nessuno ha saputo cosa fosse realmente accaduto. Fino a questo libro.

Io stessa, che fui uno dei protagonisti di quella vicenda, non avrei mai immaginato che un giorno avrei raccontato questa storia. Ma ho cambiato idea quando mi sono resa conto che una volta adulti sviluppiamo la brutta tendenza a dimenticare il bambino che siamo stati. Eppure, quel bambino continua a vivere dentro di noi. Mi ero ripromessa, prima o poi, di porre rimedio, e questo libro è l'occasione per farlo. Anche se significa svelare tutto ciò che è successo, ho deciso di raccontare quegli avvenimenti esattamente come li vissi all'epoca, quando ero ancora una bambina.

Ed è a quella bambina che sono lieta di presentarvi, e che cedo ora la parola.

Anni prima

1. La teoria delle catastrofi

Questa sera niente dolce per me. A causa di quello che è successo allo zoo. Per tutta la cena, papà ha continuato a ripetere: “Ma è inaudito, Joséphine! È inaudito!” Mamma, invece, non parlava. Si limitava a lanciarmi occhiate di disapprovazione. Poi ha detto solo: “Domani andremo a trovarlo in ospedale. Adesso mangia i tuoi fagioli.”

Non mi piacciono i fagioli, ma qualcosa mi diceva che non era il caso di discutere. Così li ho mandati giù senza protestare. Si chiama tenere un “profilo basso”. Poi mamma ha decretato che non avrei avuto il dolce. Ci sono rimasta proprio male, perché c'era una torta di carote, che è la mia torta preferita. Mi è venuta voglia di piangere, ma mi sono consolata pensando che sicuramente anche agli altri compagni di classe non avevano dato il dolce.

Dopo l'incidente allo zoo, tutti i genitori si erano scambiati delle telefonate. Avevo sentito la mamma fare una chiamata dopo l'altra e ripetere a ognuno dei suoi interlocutori: "Sono mortificata, sono mortificata! Com'è potuta accadere una simile catastrofe?" Non sapevo bene cosa significasse "mortificata", ma il fatto che contenesse la parola "morti" non prometteva niente di buono.

Quando ho finito i fagioli, ho chiesto se potevo alzarmi da tavola, visto che mi era stato negato il dolce. Ma la mamma ha risposto di no, poi si è alzata, ha tagliato una fetta di torta e me l'ha messa davanti. "Puoi mangiare la torta se ci spieghi cosa è successo oggi allo zoo," mi ha detto. Questo si chiama "ricatto", ma mi sono astenuta da ogni commento. Ho preso la forchettina e ho diviso la fetta di torta in otto pezzetti.

Una catastrofe non avviene mai all'improvviso: è il risultato di una serie di piccole scosse che quasi non si notano, ma che, a poco a poco, diventano un terremoto. Ciò che era successo allo zoo quel giorno non faceva eccezione alla regola: era stato il gran finale di un susseguirsi di catastrofi.

I miei genitori volevano delle spiegazioni, ma per spiegare tutto bisognava chiarire che la catastrofica visita allo zoo era stata la conseguenza della catastrofica recita scolastica, che aveva avuto luogo a causa del catastrofico testo teatrale, che aveva avuto luogo a causa della catastrofica visita a Babbo Natale, che aveva avuto luogo a causa del catastrofico Babbo Schiaffone, che aveva avuto luogo a causa della catastrofica lezione sulla sicurezza stradale, che aveva avuto luogo a causa della catastrofica lezione di ginnastica, che aveva avuto luogo a causa della catastrofica presentazione nell'aula magna, che a sua volta era stata la conseguenza di una catastrofe iniziale.

E forse è da quella prima catastrofe che bisognerebbe partire.

2. Un lunedì non tanto normale

Un lunedì mattina di fine autunno, poche settimane prima di Natale, era successo qualcosa di grave.

Come sempre, quando accade una catastrofe, non te l'aspetti mai. E perciò quel lunedì si era travestito da giorno normale: era suonata la sveglia, mi ero alzata, avevo fatto colazione (con i cereali, versando prima il latte e poi i cereali, sennò non vedi quanto latte metti), mi ero lavata i denti, pettinata, vestita, e mamma mi aveva accompagnata a scuola in macchina. Fino a quel momento, tutto era andato come al solito.

La mia scuola si chiama la scuola dei Picchi Verdi. È una scuola speciale, dove si mettono i bambini che non vanno nelle altre scuole. Mi piace la mia scuola. È molto piccola perché c'è soltanto una classe. Assomiglia a un villino rivestito di assi. Mamma dice che è incantevole. Io direi piuttosto che è carina. C'è un grande ingresso che funge da guardaroba.

Da una parte l'aula, dall'altra una stanza per giocare. C'è anche una piccola cucina e, proprio lì accanto, i bagni. Il cortile della ricreazione è un giardino fiorito circondato da una staccionata di legno che non si deve mai oltrepassare, a meno che non siamo con i nostri genitori o con la nostra maestra, la signorina Jennings. Tutt'intorno c'è un piccolo parco con alcuni giochi per i bambini e alcune panchine dove le signore anziane vanno a sedersi mentre i loro cagnolini fanno la pupù. È obbligatorio raccogliere le cacche dei cani, ma spesso le signore anziane si comportano come se non avessero notato che i loro animali hanno fatto i bisogni. Quando le vede, il custode della nostra scuola si avvicina, tutto incavolato, e ordina loro di raccogliere immediatamente le cacche. Allora le signore anziane assumono un'aria infastidita e schifata, tirano fuori dalle tasche un sacchetto di plastica e puliscono. Dopo reggono i sacchetti con la punta delle dita, come se la cacca stesse per saltargli addosso, e fanno facce strane. Noi ci divertiamo un mondo a guardarle.

Proprio affianco al parco c'è la scuola dei bambini normali. È là che vanno tutti gli altri bambini, tranne noi. È un grande edificio di mattoni con un ampio cortile di cemento e un enorme campo sportivo. Dalla nostra scuola speciale possiamo vederlo. Ci sono tanti bambini laggiù, mentre nella nostra scuola siamo solo in sei. Ho chiesto alla mamma se un giorno andrò alla scuola dei bambini normali. "Probabilmente no," ha risposto, ma ha detto che lei mi vuole bene così come sono.

La cosa più stupenda della scuola speciale è la signorina Jennings, la nostra maestra. È la maestra più fantastica che ci sia. Paziente, adorabile, intelligente, dolce. È anche bellissima. È sempre ben vestita e i suoi capelli sono sempre ben pettinati. Tutti la adorano.

La seconda cosa più stupenda della scuola speciale, dopo la signorina Jennings, sono i miei cinque compagni di classe, tutti maschi.

C'è Artie, che è ipocondriaco e pensa sempre di avere ogni sorta di malattia. Non è molto piacevole per lui, ma per noi è uno spasso perché lancia urla di terrore ogni volta che pensa a una malattia. Da grande, Artie vuole fare il medico per curarsi da solo, perché dice che il rischio, quando si va dagli altri medici, è di rimanere contagiati nella sala d'attesa, che è zeppa di ammalati. In effetti, non ha torto.

C'è Thomas, che è fortissimo nel karatè perché suo padre è un insegnante di karatè (è utile avere un padre che insegna karatè, per essere forti nel karatè). Quando sarà grande, Thomas vuole fare l'insegnante di karatè come il padre.

C'è Otto, che ha dei genitori che vivono ognuno in una casa diversa. Sono "divorziati", così si dice. Mamma mi ha raccontato che si divorzia quando la mamma e il papà non hanno più voglia di dormire nella stessa stanza. Penso che da grande anch'io sarò divorziata, perché detesto dividere la mia stanza con qualcun altro.

Otto sa tutto di tutto. Per il suo compleanno, chiede sempre enciclopedie e dizionari. Adora spiegare le cose e conosce parole complicate come "nettarina", "casistica" o "cheloide", che è una parola che abbiamo imparato tutti grazie ad Artie. Da grande, Otto vuole fare il conferenziere.

C'è Giovanni, che indossa sempre una camicia, anche per giocare fuori. I suoi genitori sono molto ricchi – vuol dire che hanno un sacco di soldi – e, a quanto pare, quando sei ricco devi portare sempre la camicia. Spero che da grande non sarò ricca perché detesto mettermi le camicie. In casa di Giovanni c'è un cameriere come al ristorante. È veramente comodo. A casa mia devo sempre mettere il piatto nel lavandino dopo aver mangiato. Da Giovanni invece nessuno si muove. Un giorno mi ha invitato a pranzo da lui: stavamo seduti a tavola e il cameriere ci ha posato i piatti davanti, e poi alla fine ha sparecchiato. Mamma dice che uno così si chiama "maggiordomo", ma da Giovanni lo chiamano Bernard. Quando sarà grande, Giovanni vuole lavorare nell'azienda di suo padre, che è stata fondata dal nonno. Evidentemente è una ditta di famiglia. Vuol dire che ognuno deve aspettare il suo turno.

C'è Yoshi, che non parla mai. Ma mai mai. È il mio compagno preferito. Non c'è bisogno di parlare per capirsi. Yoshi è pieno di fissazioni. Significa che controlla sempre le cose dieci volte, e ogni tanto anche più di dieci. Per esempio, ha passato un'intera mattinata a verificare che le sue scarpe fossero davvero nel guardaroba della scuola. Yoshi adora la plastilina e modella oggetti magnifici. Ha un banco in un angolo della classe dove concepisce progetti sensazionali. Da grande Yoshi vuole fare lo scultore.

E poi, per finire, ci sono io: Joséphine. Sembra che io capisca le cose troppo in fretta. Non vedo qual è il problema ma, a quanto pare, un problema c'è. Perlomeno questa è una cosa che non capisco. Da grande voglio diventare un'inventrice di parolacce. È un'idea che mi ha fatto venire mio padre.

Un giorno papà ha letto sul giornale un articolo che parlava della famiglia di Giovanni. La loro azienda, in cui ognuno deve aspettare il proprio turno, fabbrica carta igienica. E, secondo papà, la carta igienica fa guadagnare un sacco di soldi. Mentre leggeva l'articolo, ha gridato: "Che idea geniale, la carta igienica! Un prodotto che si usa tutti i giorni, nel mondo intero, di cui ci sarà sempre bisogno e che nessuna tecnologia potrà mai soppiantare!" Allora mi sono detta che per il mio futuro professionale dovrei trovare un prodotto simile da fabbricare. Poi papà ha detto a mamma: "Ti rendi conto, tesoro? Tutta quella grana è grazie alla carta da culo!" Mamma ha pregato papà di calmarsi e di non parlare in quel modo davanti a me, ma ormai era troppo tardi. Non soltanto ho pensato che "carta da culo" fosse una parolaccia magnifica, ma soprattutto che l'inventore di parolacce fosse un mestiere del futuro: se ne dicono tutti i giorni, ce ne sarà sempre bisogno e nessuna tecnologia potrà mai soppiantarle.

Un giorno scriverò un libro e ci metterò dentro le parolacce che avrò inventato. Sarà una specie di dizionario delle parolacce.

Per tornare a quel famoso lunedì mattina, il giorno della catastrofe iniziale che a cascata avrebbe portato, di catastrofe in catastrofe, alla catastrofica visita allo zoo, quando io e la mamma siamo arrivate nelle vicinanze della scuola, c'erano dei camion dei pompieri parcheggiati sul ciglio della strada. Siamo entrate nel piccolo parco e abbiamo visto che tutti i pompieri si davano un gran da fare intorno alla scuola speciale. È stato in quel momento che ho capito che quel giorno normale in realtà non sarebbe stato per niente normale e che si era appena verificato un grave incidente.

3. L’allagamento della scuola

I pompieri entravano e uscivano dalla scuola speciale con dei tubi collegati a macchine rumorose. Io e la mamma ci siamo mescolate a una piccola folla di curiosi attirati da tutta quell'agitazione. Poi ho avvistato la signorina Jennings, il custode e tutti i miei compagni che erano già lì con i loro papà o le loro mamme. Li abbiamo raggiunti. Mamma ha domandato agli altri genitori cosa stava succedendo. "C'è stata un'inondazione," hanno risposto.

Sventolando il suo dizionario, Otto ci ha spiegato che la parola "inondazione" veniva dal latino *inundatio*. Ma noi volevamo sapere soprattutto da dove veniva quell'inondazione. Negli ultimi giorni non aveva piovuto ed era strano che la scuola fosse allagata. Thomas ci ha detto che forse aveva ceduto un tubo. Era già successo nella palestra di karatè di suo padre, e avevano dovuto cambiare tutti i tatami. Questo ci ha un po' preoccupati.

I genitori hanno chiesto alla signorina Jennings se ci fossero stati danni. Lei ha risposto che non ne aveva idea perché non era potuta entrare nell'edificio. Abbiamo aspettato ancora un po', poi un pompiere ha detto alla signorina Jennings, con un'espressione desolata: "È tutto allagato, la scuola è inagibile."

La signorina Jennings si è messa a piangere e ci è dispiaciuto un sacco vederla così triste. Il custode sembrava molto seccato. Il pompiere e i genitori hanno iniziato a parlare e il pompiere ha spiegato loro cosa voleva dire "inagibile": non saremmo più potuti tornare nella scuola speciale per moltissimo tempo. L'acqua era scorsa per tutto il fine-settimana, ha detto il pompiere, e all'inizio abbiamo pensato che fosse stata colpa di un tubo rotto. "Proprio come nella palestra di karatè di mio padre," ha detto Thomas.

I genitori si sono messi a cianciare e noi ci siamo domandati cosa avremmo fatto se non potevamo più andare nella scuola speciale. Poi è arrivato un signore alto, lungo come una pertica, che era il direttore della scuola dei bambini normali. Il direttore ha fatto una faccia terribilmente abbattuta e si è avvicinato alla signorina Jennings per confortarla. Ha cercato di prenderla tra le braccia, ma lei non è sembrata molto d'accordo. Poi le ha dato un fazzoletto e ha detto che le avrebbe rimesso in sesto il morale. Ma invece di rimetterle in sesto il morale, avrebbe fatto meglio a rimettere in sesto il tubo che aveva allagato la nostra adorata scuola.

Subito dopo, il direttore ha fatto una gran sceneggiata con i genitori, spiegando che non c'era nulla di cui preoccuparsi, che ci avrebbe trovato una classe nella vicina scuola dei bambini normali e che la signorina Jennings non doveva crucciarsi. Finché la nostra scuola non veniva riparata, potevamo rimanere in quella dei bambini normali.

La signorina Jennings ci ha riuniti in cerchio, come fa quando deve dirci qualcosa di importante. Per esempio, quando andiamo in gita e ci ricorda come dobbiamo comportarci. Ci ha spiegato quello che sapevamo già: a causa dell'allagamento non saremmo più potuti andare nella scuola speciale. Ma poi ha aggiunto qualcosa che non sapevamo: l'allagamento era stato provocato da alcuni lavandini intasati nei bagni. Della plastilina aveva ostruito lo scarico dei lavandini e i rubinetti erano rimasti aperti per tutto il fine-settimana. L'acqua era fuoriuscita e si era riversata dappertutto. Ci sono subito venute in mente un mucchio di domande: come ci era finita la plastilina nei lavandini? E perché i rubinetti erano rimasti aperti per tutto il fine-settimana?

La signorina Jennings ha assunto un'espressione serissima e ha detto: "Appunto, miei cari, è una faccenda strana. Venerdì, qualcuno di voi ha per caso messo della plastilina nei lavandini?"

Le abbiamo assicurato di no. Ovviamente tutti gli sguardi si sono fissati su Yoshi – che in realtà è l'unico a giocare con la plastilina, perché da grande vorrebbe fare lo scultore –, ma per tutta risposta Yoshi, che non parla, ha scosso vigorosamente la testa per dire che lui non aveva otturato proprio niente.

"Non è una cosa grave se hai intasato i lavandini," ha insistito la signorina Jennings, "vorrei solo capire com'è andata."

Noi però sospettavamo che fosse abbastanza grave, visto che c'erano i pompieri e che la scuola ormai era inagibile. Ma Yoshi ha scosso la testa con insistenza e si è messo quasi a piangere.

"Quando a scuola si rompe qualcosa, il custode se ne accorge sempre," ho fatto notare alla signorina Jennings. "Se l'acqua fuoriusciva dai lavandini, lui l'avrebbe visto."

"Venerdì, il custode è dovuto andare via prima della fine delle lezioni, perché sua madre è stata ricoverata in ospedale," ci ha informato la signorina Jennings.

Abbiamo fatto tutti spallucce. Se Yoshi diceva che non era stato lui, allora non era stato lui. Non era il tipo da dire bugie. La signorina Jennings, invece, non sembrava convinta: quei lavandini non si erano certo intasati da soli. Ci ha spiegato che i pompieri avevano aperto un'indagine e che il loro capo aveva alcune domande da porci.

Abbiamo lanciato tutti grida di gioia. Era davvero emozionante incontrare il capo dei pompieri, che doveva essere per metà pompiere e per metà detective, visto che conduceva un'indagine.

In quel momento, un omone panciuto con un paio di baffi da foca e un completo troppo largo è venuto verso di noi. "Bambini, posso parlarvi?" ci ha chiesto.

Ho risposto educatamente di no, perché avevamo un appuntamento con il capo dei pompieri, ma Baffi da Foca ci ha detto che era lui il capo dei pompieri. Eravamo molto delusi. Non aveva per niente l'aspetto di un capo, e neppure di un pompiere.

"È certo di essere il capo dei pompieri?" ha domandato Artie.

"Sì," ha risposto Baffi da Foca.

Ha brandito un distintivo da pompiere che portava alla cintura, pensando di impressionarci, ma Giovanni ha detto:

"È stranamente grasso per essere un pompiere..."

"Se è grasso," è intervenuto Thomas, "significa che è proprio il capo. Mio padre dice che i capi non fanno niente, mangiano brioche e bevono caffè tutto il giorno."

"Simpatico, il tuo papà," ha storto il naso il capo dei pompieri.

Artie si è messo a piagnucolare:

"Sembra che il caffè faccia male al cuore. Spero che non sarò mai un capo, sennò sarò costretto a berne tonnellate e avrò problemi cardiaci."

"Dove sono i suoi muscoli da pompiere?" ha chiesto Thomas, che di muscoli se ne intende perché suo padre è un insegnante di karatè.

"Ho dovuto lasciarli in macchina," ha risposto Baffi da Foca.

"Farebbe meglio ad andare a prenderli, se deve salvare qualcuno."

"Io mi occupo principalmente di indagini," ha spiegato il capo dei pompieri. "E se sono qui, è proprio per capire cosa è successo nella vostra scuola."

Ho cercato di aiutarlo:

"Qualcuno l'ha allagata. La signorina Jennings ha detto che gli scarichi dei lavandini sono stati otturati con la plastilina e che i rubinetti sono rimasti aperti per tutto il fine-settimana."

Il capo dei pompieri si è passato le dita sui suoi grossi baffoni e ha assunto un'aria irritata:

"Sai, piccoletta, nella maggior parte dei casi non è colpa di un atto volontario, ma di una dimenticanza. Giochi con i tuoi amici, ti dimentichi di chiudere il rubinetto, ed ecco che capita una disgrazia."

"Noi chiudiamo sempre l'acqua," ho detto. "E poi, perché qualcuno avrebbe dovuto mettere della plastilina negli scarichi?"

"A volte, per divertirsi, ai bambini piace infilare degli oggetti nello scarico del lavandino. Per vedere cosa succede..."

Evidentemente il capo dei pompieri ci aveva presi per imbecilli.

"Perché qualcuno dovrebbe mettere della plastilina in uno scarico? È una cosa schifosa..."

Anche i miei compagni lo trovavano schifoso, soprattutto Artie, perché se un lavandino è intasato l'acqua ristagna, e l'acqua stagnante è un nido di batteri.

"Non avremmo mai intasato i lavandini," ho ripetuto.

Ma il capo dei pompieri non sembrava affatto convinto.

"La vostra maestra mi ha confidato che uno di voi modella sempre la plastilina..."

Abbiamo indicato Yoshi.

"Sei tu quello che a cui piace la plastilina, giovanotto?" ha chiesto il capo dei pompieri con una voce zuccherosa da rapitore di bambini.

Yoshi ha annuito, e noi abbiamo spiegato al capo dei pompieri che Yoshi non parla mai.

"Perché non *vuole*, o perché non *può*?" ha chiesto lui.

Non lo sapevamo di preciso. Allora il capo dei pompieri ha aggiunto:

"Perché volere è potere..."

"Noi siamo bambini speciali," ho spiegato.

"Ah!" ha esclamato il capo dei pompieri. "Be', comunque, se maneggiate della plastilina tutti i giorni e ve ne rimane un po' sulle mani, ogni volta che andate a lavarle se ne accumulano quantità sempre più grandi che poco alla volta ostruiscono lo scarico del lavandino. E un bel giorno, *paffete*! È completamente intasato."

"Ci vuole un sacco di plastilina per tappare un lavandino," ho fatto notare.

"I capelli di mia moglie sono sufficienti a intasare lo scarico della doccia," ha replicato il capo dei pompieri.

Otto gli ha domandato se sua moglie avesse i capelli di plastilina. Per tutta risposta, il capo dei pompieri ha sospirato:

"Bambini, vorrei rivivere con voi la giornata di venerdì."

Otto gli ha ricordato che era impossibile rivivere i giorni passati.

"Quello che voglio dire è: raccontatemi cosa avete fatto venerdì scorso a scuola," ha detto il capo dei pompieri, che sembrava sul punto di perdere la pazienza.

Dopo aver rievocato insieme ciò che ricordavamo, gli abbiamo spiegato che venerdì era stato un giorno abbastanza normale. Avevamo studiato matematica e botanica con la signorina Jennings. Dopo avevamo avuto un po' di tempo libero. Yoshi aveva giocato con la plastilina, Thomas lo aveva aiutato e gli altri avevano fatto dei disegni. Poi Otto ci aveva tenuto una piccola conferenza. Gli piaceva scegliere un tema e parlarcene. Era sempre molto interessante. Al momento, era molto appassionato al divorzio. Probabilmente a causa dei suoi genitori.

I genitori di Otto non riuscivano più a capirsi. Avrebbero potuto parlarsi più chiaramente, ma avevano preferito lasciarsi. Il vantaggio è che ora, per il suo compleanno o a Natale (che era molto vicino), Otto non riceve un regalo da entrambi i genitori, ma uno da ciascuno di loro. Il che, matematicamente, fa il doppio.

Per farla breve, venerdì Otto ci aveva parlato del divorzio seguendo le lettere dell'alfabeto. Aveva cominciato dalla A di "avvocato", un signore o una signora che dovrebbe difendere i tuoi interessi ma che, secondo suo padre, costa una fortuna ed è buono solo a perdere.

Poi era passato alla B di "bisticcio", perché i suoi genitori bisticciavano tutto il tempo, per ogni sciocchezza.

Poi alla C di "colpa". La colpa è quando i genitori non riescono più a dire di no al figlio perché si sentono dispiaciuti per qualcosa che hanno fatto. Come avere divorziato. Per esempio, quando i genitori di Otto erano sposati, non gli avevano mai permesso di tenere un animale. Ora che sono divorziati, ha una tartaruga e un coniglio a casa del padre e dei pesci e due criceti a casa della madre. I genitori sono deboli quando sono soli, e forti se stanno insieme. Ecco perché si mettono in coppia per fare figli.

Poi era arrivata la D di "divorzio", dal latino *divortium*: "separazione". E a quel punto la signorina Jennings aveva fermato Otto dicendogli: "Otto, tesoro, basta parlare tanto del divorzio. Trova un argomento diverso con la lettera D, e lunedì potrai tenerci un'altra conferenza."

"La vostra signorina Jennings ha fatto proprio bene a interrompere quella conferenza soporifera," ha decretato il capo dei pompieri.

Thomas ha domandato cosa significava "soporifera". Otto ha risposto che voleva dire "noiosa", e abbiamo pensato tutti che il capo dei pompieri fosse un po' cattivo.

Gli abbiamo raccontato il resto della nostra giornata. Dopo pranzo avevamo fatto una gita al museo di storia naturale. Ci eravamo andati in autobus. Quando eravamo tornati alla scuola speciale, Artie ci aveva detto di lavarci bene le mani perché gli autobus non trasportano solo passeggeri, ma anche ogni genere di malattie. E poiché aveva cominciato a elencare i nomi di un mucchio di malattie orribili che avremmo potuto contrarre, ci eravamo precipitati nei bagni della scuola. Avevamo un sacco di sapone sulle mani e ce l'eravamo sfregate a lungo, seguendo le indicazioni di Artie, che ci aveva messo in guardia: "Una volta sciacquate le mani, non toccate i rubinetti, perché li avete aperti con le vostre mani che forse erano contagiate, e quindi se li toccate vi contagerete di nuovo e dovrete lavarvi un'altra volta." In effetti, era abbastanza logico, per non dire abbastanza "batterio-logico".

Quando gli abbiamo raccontato tutto questo, il capo dei pompieri ha chiesto:

"Ma allora chi ha chiuso i rubinetti dopo che vi siete lavati le mani?"

"Nessuno," ha risposto trionfalmente Artie. "E meno male che è così, altrimenti saremmo tutti contagiati."

"Oh, ecco, appunto," ha concluso il capo dei pompieri, "è proprio come dicevo io. Un allagamento accidentale."

Si è messo a scribacchiare sul suo bloc-notes e poi si è rivolto alla signorina Jennings:

"Ha chiuso lei la scuola, venerdì?"

"Sì. Di solito lo fa il custode, ma venerdì è dovuto andare in ospedale, al capezzale della madre che si era rotta una gamba."

"E non ha controllato i bagni, prima di andarsene?"

"No, in verità... ero un po' di fretta..."

A queste parole, il capo dei pompieri ha assunto l'aria di chi la sa lunga e ha annotato qualche altro appunto prima di dichiarare:

"Caso archiviato: è stato il piccoletto muto che ha intasato tutto a forza di lavarsi le mani e..."

La signorina Jennings si è arrabbiata:

"Non ci si dovrebbe riferire a qualcuno in base alla sua disabilità!"

"Oh! Non si può più dire niente!" ha replicato il capo dei pompieri, esasperato.

"Insomma, un po' di dignità!" lo ha rimproverato la signorina Jennings.

"Per concludere," ha proseguito il capo dei pompieri, "i lavabi erano di certo intasati da un po' e il piccoletto fuori di testa, che ha paura di tutto, ha convinto i compagni..."

"Si può sapere a chi dà del 'fuori di testa'?" è sbottata la signorina Jennings.

"Porca miseria!" ha sbuffato il capo dei pompieri. "È proprio come camminare sulle uova, con lei! I bambini mi hanno appena confessato di non aver chiuso i rubinetti dopo essersi lavati le mani al ritorno dalla gita al museo. Gli scarichi intasati hanno finito per far traboccare l'acqua, e il risultato è che, durante il fine-settimana, la scuola si è allagata."

Il capo dei pompieri sembrava molto soddisfatto di sé.

Io e i miei compagni ci siamo guardati. Yoshi ha agitato un dito per richiamare la nostra attenzione. Yoshi non parla, ma noi lo capiamo benissimo. Ci ha raccontato a gesti che i rubinetti li aveva chiusi lui. Quando l'ha saputo, Artie ha fatto una faccia schifata, dicendo che era stato sicuramente contagiato e che non gli avrebbe mai più stretto la mano. Ma tanto Artie non stringe mai la mano a nessuno.

Io ho squadrato i miei compagni: Yoshi è pieno di fissazioni e controlla sempre tutto dieci volte. Quindi, se affermava di aver chiuso i rubinetti, li aveva chiusi davvero.

Questo significava che l'allagamento non era stato un incidente. Era stato volontario. Un atto criminale. Qualcuno aveva deliberatamente preso di mira la nostra scuola speciale. Ma chi? E per quale motivo?

Per un attimo abbiamo pensato di dirlo al capo dei pompieri, ma ci abbiamo rinunciato perché era una frana totale. Non avrebbe mai trovato il colpevole.

Allora abbiamo deciso di condurre una nostra indagine.

Avremmo scoperto chi aveva allagato la scuola.

Ecco come è cominciato tutto.

4. Alla scuola dei bambini normali

Dopo l'allagamento della scuola speciale, su invito del direttore ci siamo trasferiti in quella dei bambini normali. All'inizio è stato abbastanza uno choc non andare più nella scuola speciale e non essere più protetti dal nostro bel giardino. Mamma e papà mi avevano detto di non preoccuparmi, che sarebbe andato tutto bene con gli altri bambini. E poi, dato che la scuola dei bambini normali era accanto a quella speciale, la strada per andarci era la stessa, e questo mi rassicurava un po'.

Ci hanno sistemati in un'aula al primo piano. La signorina Jennings aveva attaccato al muro delle foto di posti che amavamo e, soprattutto, aveva portato un grande vaso di terracotta con dei fiori del nostro giardino. Aveva persino ricreato il nostro angolino per il disegno e le arti creative e il banco con la plastilina per Yoshi.

All'inizio non è andata tanto male.

Il direttore è stato gentilissimo con noi. Era molto premuroso. E veniva sempre a piazzarsi nella nostra classe. Non è molto bello, il direttore, ma è veramente simpatico. Poiché non conoscevamo il suo nome, e lui è alto come una pertica, in un primo momento volevamo chiamarlo Spilungone, ma alla fine abbiamo deciso di chiamarlo semplicemente "il Direttore". In verità, non capivamo bene che funzione avesse all'interno della scuola. In ogni caso, non doveva avere molto da fare durante il giorno, perché piombava in continuazione nella nostra classe per assicurarsi che andasse tutto bene. Ci domandava:

"Va tutto bene, miei piccoli birbanti?"

E noi alzavamo subito la mano per fare la domanda che era il nostro chiodo fisso:

"L'ultimo giorno di scuola potremo andare allo zoo com'era previsto?"

L'ultimo giorno di scuola prima delle vacanze di Natale la signorina Jennings ci portava sempre a fare una gita fuori. L'anno prima eravamo andati al cinema. Quest'anno ci aveva detto che saremmo andati allo zoo. Noi eravamo felicissimi di quella gita ma, con il cambio di scuola, ci chiedevamo se ci saremmo potuti andare ugualmente.

La risposta del Direttore rimaneva evasiva:

"Vedete, bambini, il regolamento sulle uscite scolastiche è molto rigido. Bisogna presentare un modulo di richiesta, assicurarsi che sia disponibile un autobus e che ci siano gli accompagnatori necessari a seconda del numero di bambini. Troverò il tempo di esaminare la questione insieme alla vostra maestra."

Nel giro di qualche giorno, a furia di rivolgergli sempre la stessa domanda, il Direttore ha finito per dirci:

"Miei piccoli birbanti, non c'è più bisogno di chiederlo: la visita allo zoo si farà."

Abbiamo tutti lanciato grida di gioia, poi il Direttore ha detto: "Ecco qua, spero di avervi rassicurati ora."

Una volta sistemata la faccenda della visita allo zoo, potevamo dedicarci alla nostra indagine. Chi mai aveva potuto allagare la scuola?

Condurre un'indagine è più facile a dirsi che a farsi. Non sapevamo da dove cominciare. Di norma, quando facciamo per la prima volta un gioco nuovo, c'è sempre un adulto che ci aiuta e ci spiega le regole. Ma in questo caso non potevamo chiedere ai nostri genitori, che non sarebbero stati molto entusiasti all'idea di un'indagine. Poi abbiamo pensato alla nonna di Giovanni, che è una vera esperta in materia perché passa le giornate a guardare le serie poliziesche in TV.

La nonna di Giovanni abita da Giovanni, che vive in una casa gigantesca. La domenica successiva al nostro inserimento nella scuola dei bambini normali Giovanni ci ha invitati tutti a casa sua: per giocare insieme, ha detto ai grandi, ma in realtà per darci l'opportunità di consultare sua nonna.

È stato proprio bello andare da Giovanni. Innanzitutto perché è sempre bello andare a casa di un amico. Ma soprattutto perché abbiamo scoperto che da Giovanni non c'è soltanto un cameriere, ma anche un cuoco, che aveva preparato un'enorme torta al cioccolato. Poiché era il cameriere che ci sorvegliava, i genitori di Giovanni ne hanno approfittato per non occuparsi di noi e abbiamo potuto fare tutto quello che volevamo, come abbuffarci di enormi fette di torta.

Dopo siamo andati dalla nonna. Nella casa di Giovanni ci sono un sacco di salotti. La nonna stava da sola in uno dei salotti a guardare la televisione, mangiando dei piccoli biscotti secchi e fumando una sigaretta ficcata in un lungo cannocchiale da pirata che si chiama "bocchino".

Abbiamo tossito a causa del fumo nella stanza, ma non ci ha dato troppo fastidio perché eravamo contentissimi di parlare con la nonna di Giovanni. L'unico che si è lamentato del fumo è stato Artie, che ha sempre paura di ammalarsi. Ci ha avvisato che rischiavamo di rimanere asfissiati e si è tirato il maglione sopra la bocca. Poi ci siamo seduti tutti sul tappeto, intorno alla nonna, che ci ha guardati con tenerezza:

"Allora, miei cari, mi sembra di capire che state conducendo un'indagine sull'allagamento della vostra scuola?"

Abbiamo tutti annuito.

"Nonna di Giovanni," ho detto io, "pare che lei se ne intenda di indagini poliziesche..."

"È vero."

"Abbiamo bisogno del suo aiuto. Non sappiamo da dove cominciare."

La nonna ha assunto un'espressione serissima:

"Bisogna procedere metodicamente."

Abbiamo tutti fatto di sì con la testa: ci sembrava un'ottima idea, solo che non sapevamo cosa significasse "procedere metodicamente".

"Che significa 'metodicamente'?" ha chiesto Thomas.

"In base a un metodo preciso," ha risposto la nonna ingoiando un biscotto. "I poliziotti di tutto il mondo seguono sempre lo stesso metodo quando indagano."

"E lei lo conosce, questo metodo?" ho chiesto.

"Certo," ha risposto la nonna, trionfante.

E a quel punto ci ha rivelato la ricetta segreta per risolvere un'indagine: il colpevole ha sempre un movente, e cioè una buona ragione per commettere quel crimine. Quindi, per trovare il colpevole, non ci si deve chiede *chi* ha commesso un misfatto, ma *perché* l'ha commesso.

"Chi aveva interesse ad allagare la vostra scuola?" ci ha domandato la nonna.

Era una buona domanda.

La nonna ci ha spiegato che, nella serie che aveva appena finito di guardare, un pronipote aveva ucciso un vecchio zio ricco per assicurarsi l'eredità.

"In un'indagine," ha detto la nonna, "tutti quelli che hanno un buon motivo per commettere il misfatto si chiamano 'sospetti'. Ma nel caso della vostra scuola, che vantaggio si sarebbe potuto trarre dall'allagamento?"

Poiché non ne avevamo la minima idea, la nonna di Giovanni ha steso per noi una lista dei sospetti. Secondo lei, c'erano due piste: o era stato uno di noi per godersi un periodo di vacanza, oppure il proprietario della scuola per intascare i soldi dell'assicurazione (a quanto pare, appiccare il fuoco a una casa per avere i soldi del risarcimento è un classico delle serie poliziesche).

Sapevamo che nessuno di noi aveva allagato la scuola. Ci piaceva andare a scuola, e non avremmo mai fatto una cosa del genere alla signorina Jennings. Quindi rimaneva soltanto il proprietario della scuola. Ma chi era? E come potevamo scoprire la sua identità?

Non abbiamo avuto il tempo di approfondire queste domande perché in quel momento la madre di Giovanni è entrata nel salotto pieno di fumo: si è messa a sgridare la nonna perché fumava in una stanza dove c'erano dei bambini, e ha sgridato anche Giovanni perché a causa dell'odore di sigaretta la sua bella camicia puzzava da morire. Si è arrabbiata pure con noi, perché avevamo mangiato tutta la torta che aveva fatto preparare "per gli ospiti".

Avrei voluto farle notare che anche noi eravamo ospiti. E che sarebbe bastato sorvegliarci invece di lasciarci con il cameriere. Ma non ho detto niente. Si chiama "tenere un profilo basso".

*

Nella nostra cucina, mia madre ha interrotto il mio racconto:

"La nonna di Giovanni vi ha fumato addosso?"

"Sfumacchiava," ho minimizzato.

"Mi hai appena detto che il fumo vi ha fatto tossire e che Artie si è tirato il maglione sul naso!"

"Conosci Artie, mamma. Esagera sempre..."

"Non sapevo che i Mondani avessero un cuoco personale," ha detto papà.

"Sì, hanno un ristorante, ma a casa loro," ho spiegato.

"E tutto grazie alla carta da culo," ha mormorato papà.

"Marc!" lo ha rimproverato la mamma perché aveva detto una parolaccia.

Papà ha cambiato argomento, girandosi verso di me e dicendo:

"Non vedo cosa c'entrino tutte queste cose che ci stai raccontando con quello che è successo oggi allo zoo."

"Se mi lasciate parlare, capirete..."

5. La riunione nell'aula magna

Il giorno successivo alla nostra chiacchierata con la nonna di Giovanni abbiamo ripreso l'indagine nel cortile della ricreazione.

Prima di tutto, abbiamo steso la lista dei sospetti. Comprendeva quattro nomi: il misterioso proprietario della scuola (per intascare i soldi dell'assicurazione), la signorina Jennings e il custode della scuola speciale (avevano un legame diretto con la scuola e forse anche una buona ragione per volere che chiudesse), oltre al capo dei pompieri (che aveva condotto un'indagine talmente sommaria da risultare dubbia).

Dopo averne discusso, abbiamo stabilito che potevamo di fatto escludere il capo dei pompieri, che era soltanto un incapace.

Potevamo escludere anche, in modo abbastanza certo, la signorina Jennings. Non solo aveva pianto quando aveva scoperto i danni (ne sappiamo qualcosa di lacrime fasulle, e quelle della signorina Jennings erano sincere), ma soprattutto non aveva alcun interesse a provocare quell'allagamento che le aveva dato più lavoro, costringendola a riorganizzare la nostra nuova classe.

Il custode, invece, non aveva granché da fare dopo l'allagamento e la chiusura della scuola speciale. La pigrizia era un ottimo movente. Però il venerdì, e cioè proprio prima dell'allagamento, era dovuto uscire presto da scuola per andare dalla madre che si era rotta una gamba. Se era vero, questo bastava a scagionarlo. La nonna di Giovanni ci aveva spiegato che era un alibi.

Quanto al proprietario della scuola, la cupidigia era un movente solido (così aveva detto la nonna di Giovanni). E non c'era un'ombra di alibi all'orizzonte.

La nostra lista si riduceva quindi a due sospetti: il proprietario della scuola e il custode. Dovevamo scoprire chi fosse il misterioso proprietario e verificare l'alibi del custode. Uno dei due era il nostro colpevole.

In quel momento, il Direttore della scuola è venuto a disturbarci.

"Buongiorno, miei piccoli birbanti! Cosa state facendo?"

"Un'indagine," ho risposto, perché non bisogna mai dire le bugie.

Il Direttore ha scrollato le spalle come se non avesse importanza e ci ha detto:

"Miei piccoli birbanti, ho organizzato una presentazione per farvi conoscere tutta la scuola. Si terrà fra poco nella grande aula magna."

Noi non eravamo convinti che quella presentazione fosse una buona idea, e nemmeno la signorina Jennings, ma ha dichiarato che bisognava seguire le disposizioni del Direttore. Questo non ci diceva nulla di nuovo sulla vera utilità del Direttore, ma non volevamo contraddire la signorina Jennings.

Dicono che la strada per l'inferno sia lastricata di buone intenzioni: significa che uno pensa di fare qualcosa per essere d'aiuto, ma in realtà non è affatto d'aiuto. È meglio che ognuno si faccia i fatti suoi.

Dopo la ricreazione il Direttore ha riunito tutta la scuola nell'aula magna e ha fatto salire me e i miei compagni sul palco.

"Vi presento i nostri piccoli amici della scuola speciale," ha detto a tutti gli altri alunni. "Come sapete, la loro scuola è allagata e si sono sistemati qui con noi. Conto su di voi per dargli un caloroso benvenuto." Fin lì, non è andata troppo male. Ma poi il Direttore ha voluto che ci presentassimo e ha passato il microfono a ognuno di noi.

Yoshi ovviamente non ha detto una parola.

Artie ha guardato il microfono, ma non l'ha voluto toccare perché il Direttore ci aveva sputacchiato sopra. Chissà che tripudio di batteri doveva esserci lì, quindi... No grazie.

Giovanni detesta parlare in pubblico e ha saltato il turno.

Thomas ha preferito dare una dimostrazione di karatè che ha fatto ridere tutti.

Otto ha colto l'occasione per tenere una breve conferenza. Era ancora fermo alla lettera D e, poiché non era più autorizzato a parlare di divorzio, ha annunciato al microfono che avrebbe parlato della democrazia.

Il Direttore l'ha interrotto subito, dicendogli che era una pessima idea.

La signorina Jennings, che era accanto a noi, è intervenuta per difendere Otto:

"Ma insomma, lo lasci parlare!"

Allora la signorina Jennings e il Direttore hanno fatto un "a parte", ma noi abbiamo sentito tutto perché eravamo proprio accanto a loro. Un a parte è un trucchetto teatrale in cui i personaggi dicono qualcosa parlando pianissimo, pensando che gli altri non sentano, mentre in realtà gli spettatori sentono tutto. I genitori, che sono un po' come degli attori, fanno spesso degli a parte davanti ai figli.

Il Direttore ha bisbigliato:

"Non voglio sentir pronunciare parole del genere a scuola..."

"*Democrazia?*" ha detto in tono incredulo la signorina Jennings.

"I genitori hanno le loro suscettibilità..."

"Chi mai può sentirsi offeso dalla parola 'democrazia'?"

"Mi ascolti, signorina Jennings, qui siamo in una scuola pubblica, non nella sua piccola e graziosa scuola speciale. Il mese scorso un'insegnante ha spiegato alla sua classe che il pomodoro è un frutto e i genitori mi hanno messo in croce! E comunque, cosa vuole che ne capiscano questi poveri bambini della democrazia?"

"Lei mi delude," ha detto la signorina Jennings, "la credevo più coraggioso..."

Il Direttore si è sentito punto sul vivo. Come se non sopportasse l'idea di essere considerato un mediocre dalla signorina Jennings. “Sa una cosa? Ha proprio ragione!” ha esclamato. Poi ha preso il microfono e si è rivolto ai presenti:

“È un’idea eccellente, quella della signorina Jennings, che sta senza dubbio apportando un contributo formidabile alla nostra scuola. Il tema di questo quadrimestre sarà ‘La democrazia’. E non importa se piacerà o no ai vostri genitori.”

“Che cos’è la democrazia?” ha chiesto un alunno nell’aula magna.

Otto ha preso il microfono dalle mani del Direttore.

“La parola ‘democrazia’ deriva dal greco *demos*, che vuol dire ‘popolo’, e *kratos*, che vuol dire ‘potere’. Significa che il potere è dato all’intero popolo, il quale gestisce la vita politica. Al contrario di quello che succede in una dittatura, dove una sola persona ha tutto il potere. E ora, vi darò alcuni esempi di dittatura…”

“Grazie mille,” lo ha interrotto il Direttore, strappandogli di mano il microfono. “Nessuno ha voglia di sentire i nomi di orribili dittature, e soprattutto non vogliamo far arrabbiare qualcuno.”

Poi il Direttore ha fatto un altro a parte con la signorina Jennings:

“Signorina Jennings, troveremo il tempo di vederci a quattr’occhi per tenere una riunione di programma su questo nobile argomento.”

Dopodiché mi ha teso il microfono:

“Ora tocca a te presentarti, piccola mia.”

Ho ubbidito:

“Ciao a tutti. Mi chiamo Joséphine e, quando sarò grande, voglio fare l’inventrice di parolacce. Un giorno scriverò anche un libro con tutte le parolacce che ho inventato, come per esempio ‘carta da culo’.”

Tutta l’aula magna è scoppiata a ridere e il Direttore mi ha tolto immediatamente il microfono. “Di bene in meglio!” si è lamentato, prima di annunciare agli altri alunni:

“Bene, bene, la presentazione ora è terminata. Come avete potuto constatare, i nostri piccoli amici sono un po’ diversi. Quindi conto su tutti voi: mi raccomando, non prendeteli in giro!”

Proprio la cosa che non avrebbe mai dovuto dire.

Perché se chiedi a qualcuno di non prenderti in giro, quello ti prende in giro subito. Ed ecco perché si sono verificate le catastrofi successive.

6. Che cos'è la democrazia

Dopo la riunione nell'aula magna, tutti gli alunni della scuola hanno cominciato a prenderci in giro. Soprattutto Balthazar, più grande, più alto e più grosso degli altri, che ha iniziato a chiamarci gli "Strambi". All'inizio siamo riusciti a rimanere indifferenti ai suoi sfottò. Diceva che le conferenze di Otto non valevano niente, ma noi sapevamo che Otto sapeva tutto di tutto. Prendeva in giro Thomas dicendo che era una frana nel karatè, ma non puoi essere una frana nel karatè quando tuo padre è un insegnante di karatè. Prendeva in giro le malattie immaginarie di Artie e gli tossiva in faccia, dicendo che gli aveva appena trasmesso la leptospirosi. Ma Artie sapeva benissimo che solo i gatti e i conigli trasmettono la leptospirosi. Alla fine, però, Balthazar ha fatto centro con me. Mi ha detto che ero l'inventrice di parolacce più scarsa del mondo perché "carta da culo" era una parolaccia che già esisteva, e suo padre la usava sempre. Mi ha detto (testuali parole): "Mio padre quando è al cesso, grida spesso: 'Non c'è più carta da culo!' E devi portargliene in fretta un rotolo, sennò si mette male."

Informazioni raccolte da altri alunni chiamati a testimoniare hanno confermato che carta da culo in effetti era una parolaccia già diffusa, conosciuta anche con l'abbreviazione CQ.

Ci sono rimasta malissimo perché era la prima parolaccia che avevo inventato, per di più con l'aiuto del mio papà. Mi sono messa a piangere. Ero inconsolabile. Allora i miei compagni, che sono degli amici fantastici, hanno deciso di difendermi. Hanno suggerito di preparare per Balthazar un panino alla cacca, o di tirargli un bel pugno. All'inizio abbiamo scelto il panino alla cacca, soprattutto perché avevamo i cani delle vecchiette del parco, che erano delle vere e proprie fabbriche di cacche. Ma Artie ci ha detto che ingerire feci poteva essere pericolosissimo e provocare malattie come il colera, che a quanto pare è una malattia terribile. Perciò abbiamo optato per il pugno. Ci ha pensato Thomas. È normale, suo padre è un insegnante di karatè.

Thomas è andato da Balthazar nel cortile della ricreazione e gli ha tirato un pugno fortissimo "da parte della frana nel karatè". Balthazar si è ritrovato a terra, con il naso che sanguinava. È scoppiato a piangere. La signorina Jennings e il Direttore sono arrivati di corsa e lo hanno portato in infermeria.

Dopo il Direttore ha convocato Thomas nel suo ufficio e ha fatto venire anche i suoi genitori. Il padre di Thomas era incavolato nero con il figlio, perché a quanto pare è proibito usare il karatè fuori dalla classe di karatè, e ha addirittura minacciato Thomas di non fargli avere il regalo a Natale. "Se non ti dài una regolata," lo ha avvisato il papà karateka, "vado a dirlo a Babbo Natale."

Quando Thomas ce l'ha raccontato, gli abbiamo detto tutti di non preoccuparsi, perché avremmo testimoniato a suo favore davanti al tribunale di Babbo Natale. Ma a causa del pugno, a scuola c'è stata una grande riunione di tutti i genitori (senza i bambini), dove sembra che i genitori si siano comportati male, cosa che non mi sorprende molto perché in genere i genitori si comportano sempre male. Viviamo in un mondo dove le persone hanno dimenticato che ci si deve comportare in modo educato.

I genitori degli alunni normali hanno detto di essere molto preoccupati del fatto che i loro figli fossero a contatto con i bambini della scuola speciale.

Alcuni avevano perfino paura che i figli venissero contagiati da noi, come se essere speciali fosse una malattia. La signorina Jennings si è innervosita molto, ci ha difeso e ha affermato che, al contrario, era una cosa molto positiva che stessimo tutti insieme, soprattutto con dei genitori simili, e che questo si chiamava "inclusione e tolleranza". Il Direttore ha sottolineato che la tolleranza è un valore fondamentale della scuola e che l'indomani stesso avrebbe convocato di nuovo tutti gli alunni nella grande aula magna per parlarne. La signorina Jennings ha trovato che fosse una pessima idea fare un'altra riunione nell'aula magna. Il Direttore, invece, la considerava un'idea eccellente. In genere, quando il Direttore pensa di avere avuto una buona idea, è una cattiva idea.

E così, il giorno dopo la riunione dei genitori il Direttore ha convocato tutti gli alunni della scuola nell'aula magna e ha detto: "Questa è una democrazia!"

La democrazia sembrava una cosa veramente bellissima. Ma abbiamo comunque alzato la mano per chiedere che cos'è perché, nonostante le spiegazioni in greco di Otto, non avevamo capito molto bene.

“Democrazia,” ha spiegato il Direttore, “vuol dire che siamo uguali e che ognuno di noi deve rispettare l’altro così com’è, e ognuno è libero di agire come vuole senza essere importunato dagli altri.”

“Possiamo fare tutto quello che vogliamo?” ho chiesto.

“Nei limiti delle regole,” ha precisato il Direttore.

“Quali regole?”

“Le regole della democrazia.”

La democrazia sembrava bella, ma un po’ complicata.

“In una democrazia,” ha riassunto il Direttore, “potete fare tutto quello che volete, a patto che non diate fastidio agli altri.”

Un alunno ha alzato la mano:

“Mio padre dice che quelli a cui non piace la democrazia si chiamano ‘fascisti’.”

“È vero,” ha risposto il Direttore.

“Mio fratello,” è intervenuto un altro, “russa quando dorme, e il suo comportamento mi dà fastidio. È un fascista?”

“No,” ha risposto secco il Direttore, senza dare spiegazioni.

Anch’io tenevo in serbo una domanda:

“E se qualcuno dà fastidio senza fare rumore?”

Il Direttore ci ha chiesto di piantarla con le nostre domande.

"In una democrazia," ha precisato, "si convive tutti insieme, ognuno con le sue differenze. Sarò inflessibile al riguardo: in questa scuola non ci sarà posto per gli intolleranti!"

A quel punto Artie si è messo a piangere forte, interrompendo il Direttore.

"Perché piangi, mio piccolo birbante?" ha chiesto il Direttore.

"Perché sono intollerante al lattosio," ha spiegato Artie.

"L'intolleranza al lattosio è consentita," ha assicurato il Direttore, prima di dichiarare solennemente: "Gli intolleranti al lattosio saranno tollerati."

Un altro alunno ha alzato la mano perché era intollerante al glutine. Anche gli intolleranti al glutine sarebbero stati tollerati? Il Direttore ha tagliato corto, dicendo che si poteva essere intolleranti a tutto, tranne che agli altri bambini. Poi ci ha detto che potevamo tornare in classe.

Più tardi, quel giorno, il Direttore è venuto a trovarci:

"Miei piccoli birbanti, ho avuto un'idea."

Senza conoscere la sua idea, già sapevamo che di sicuro era cattiva come tutte le sue idee. Ma non abbiamo detto niente. Bisogna saper tenere un profilo basso.

Lui ha continuato:

"Ho deciso che domani mattina inizieremo la giornata con una grande lezione di sport di squadra insieme alla classe di Balthazar."

La signorina Jennings ha fatto una faccia strana e ha domandato al Direttore:

"È sicuro che sia una buona idea?"

"È un'idea eccellente!" ha esclamato esultante il Direttore. "Lo sport è il modo migliore per intrecciare legami e farsi nuovi amichetti fuori dalla propria classe."

In quel momento, abbiamo capito che il lavoro del Direttore era quello di prendere delle decisioni che, in genere, non erano molto buone.

*

"Perché prendere decisioni che non sono molto buone?" si è informata mia madre, che fino a quel momento mi aveva ascoltato con la massima attenzione.

"Perché tutto questo ha portato alla catastrofica visita allo zoo," le ho spiegato.

“Ma quale sarebbe il nesso tra una lezione di ginnastica e la visita di oggi pomeriggio allo zoo?” ha chiesto mio padre.

Ho inghiottito un pezzetto di torta di carote e ho piantato la forchetta nel successivo:

“La lezione di ginnastica si è trasformata in una catastrofe.”

7. La lezione di ginnastica

La mattina dopo, a scuola, ci siamo trovati con la classe di Balthazar per la famosa lezione di ginnastica organizzata dal Direttore.

Eravamo fuori, nel grande campo sportivo, dove ci sono una pista da atletica, un campo da calcio e un sacco di altre attrezzature di cui non si capisce niente. Faceva freddo e non ci sentivamo molto tranquilli. Balthazar saltellava di continuo dicendo che, qualsiasi cosa avessimo fatto, ci avrebbe polverizzati tutti – e questo non era un comportamento molto democratico.

Io e i miei compagni siamo rimasti vicini. Yoshi aveva portato un pallone da calcio firmato da un famoso giocatore inglese. Thomas ha proposto di fare qualche passaggio, ma Yoshi ci ha fatto capire che era un tesoro e non un pallone con cui giocare.

Poi è arrivato il Direttore, affiancato da un omino magrissimo.

La signorina Jennings, che era con noi, ha avvertito subito il Direttore che la lezione di ginnastica non era una buona idea.

"*Mens sana in corpore sano*," ha decretato il Direttore. Era latino e voleva dire "Una mente sana in un corpo sano".

"Per giunta fa freddo," ha obiettato la signorina Jennings. "In questa stagione le lezioni di ginnastica dovrebbero tenersi al chiuso."

"Li rinvigorirà," ha spiegato il Direttore. "Passeranno già il resto della giornata chiusi in un'aula. Creda a me, signorina Jennings, e alla mia lunga esperienza in campo pedagogico: questi simpatici birbantelli hanno assolutamente bisogno di far prendere aria al cervello."

"Ci aprirete la testa?" si è allarmato Artie.

Il Direttore ha risposto che nessuno avrebbe aperto la testa a qualcuno. Poi si è girato verso l'omino magro che lo seguiva:

"Signor André, li affido a lei. A dopo, bambini. Venga, signorina Jennings, andiamo a prendere un caffettino nel mio ufficio, dove potremo discutere di quel programma."

"Penso che dovrei rimanere..." ha suggerito la signorina Jennings.

Ma il Direttore ha insistito:

"Stia tranquilla, sono in buone mani. È stata lei a dirmi che voleva esaminare in dettaglio il programma sulla democrazia."

La signorina Jennings e il Direttore se ne sono andati e il signor André, l'insegnante di ginnastica, ci ha guardato con un'aria interdetta. Era così basso e magro che avevi quasi paura di vederlo volare via. Dopo averci portati davanti a una fila di corde che pendevano da un'impalcatura metallica, ci ha detto con voce tremula:

"Oggi vi arrampicherete sulla corda. Forza, *hop*! Tutti lassù!"

Balthazar ha teso i muscoli e si è buttato per primo su una corda. È salito come una scimmia e poi è ridisceso come un pompiere.

"Il prossimo!" ha strillato il signor André, guardandoci.

"Si deve arrivare fin lassù?" si è preoccupato Otto.

"Sì."

"E se non volessimo?"

"Siete obbligati!" ha detto il signor André.

"Obbligati da chi?"

"Da me," ha decretato il signor André.

“E a che titolo?” ho replicato.

“Perché lo dico io. Sono l’insegnante.”

Artie ha domandato a che altezza arrivavano le corde. Il signor André ha risposto “Tre metri”, e Artie, che è ipocondriaco e quindi se ne intende di pericoli, ci ha spiegato che tre metri erano più che sufficienti per romperci la spina dorsale cadendo, e che saremmo rimasti tutti paralizzati a vita.

“Chi è che vuole essere paralizzato a vita?” ha chiesto Artie, senza rivolgersi a nessuno in particolare.

“Io no!” abbiamo risposto tutti, tranne Yoshi, perché lui non parla.

Balthazar si è affrettato a salire di nuovo in cima alla corda.

“Bravo!” si è complimentato il signor André. “Lui sì che è un ragazzino determinato. Il prossimo!”

Ci ha guardato con insistenza.

“No, grazie mille,” si è rifiutato Giovanni. “Ma Balthazar può andare al posto nostro, visto che sembra piacergli.”

“Non ho chiesto la vostra opinione,” si è irritato il signor André. “Vi ordino di salire uno dopo l’altro.”

"Non siamo dei pazzi," ha ribattuto Artie. "Non ci arrampicheremo su quelle corde rischiando di rimanere paralizzati a vita."

Thomas si è stupito di vedere un insegnante di ginnastica con dei muscoli così scarsi:

"Ci dimostri di essere un insegnante di ginnastica! Ci faccia vedere il suo diploma!"

"Il diploma, il diploma!" abbiamo urlato tutti.

Otto ha chiesto al signor André se non stava per caso cercando di farci fare qualcosa che lui per primo non era capace di fare.

"Certo che riesco a salire!" ha protestato il signor André. "Ma sto ordinando a voi di farlo!"

"E perché non lei?" ha chiesto Otto.

"Perché lo dico io! Sono io a decidere!"

Abbiamo fatto notare al signor André che il suo modo di parlare non era molto democratico. E allora lui ha detto:

"Ah, volete la democrazia?"

"Sì!" abbiamo gridato tutti.

"E va bene, vi accontento subito!"

Eravamo felicissimi perché la democrazia sembra proprio una cosa fantastica.

"Procederete in ordine alfabetico," ha annunciato il signor André.

Si è girato verso Yoshi e ha sbraitato:

"Tu come ti chiami?"

Dato che Yoshi non parla, abbiamo risposto noi per lui: "Yoshi, con la Y."

Il signor André si è girato allora verso Artie e gli ha chiesto il nome. E quando Artie ha risposto "Artie", il signor André gli ha detto di salire subito sulla corda.

"Perché io?" ha piagnucolato Artie.

"Perché il tuo nome inizia per A," ha risposto il signor André.

"Questa è discriminazione," si è difeso Artie. "Non è colpa mia se i miei genitori mi hanno chiamato Artie e non Zacharie."

Abbiamo cominciato a discutere su quale sarebbe stato il nome migliore per essere scelto per ultimo durante l'ora di ginnastica e abbiamo stabilito che era Zygomatique.

"Se avrò un figlio, lo chiamerò Zygomatique," ha annunciato Artie.

Giovanni ci ha fatto notare che Zygomatique non era realmente un nome di persona. E allora ci siamo trovati d'accordo che in una vera democrazia dovrebbero avere tutti lo stesso nome, per essere uguali durante le lezioni di ginnastica.

"Ma se abbiamo tutti lo stesso nome, come facciamo a riconoscerci?" ha chiesto Otto.

"Potremmo avere dei numeri dopo il nome."

"Ma il numero dovrebbe essere lo stesso per tutti, sennò non saremmo uguali," ho osservato.

Allora ci siamo chiesti se un'uguaglianza assoluta fosse davvero possibile. Ma non abbiamo potuto discuterne a lungo perché il signor André si è messo a urlare che lo avremmo fatto ammattire a furia di esasperarlo.

"Artie, il tuo nome inizia per A, quindi tocca a te salire per primo!" ha ordinato.

"Un attimo," ha protestato Artie. "Forse c'è qualche altro alunno con un nome che inizia per A."

Tutti i bambini presenti hanno scandito il loro nome, ma nessun altro cominciava con la lettera A. Allora ho chiesto al signor André quale era il suo nome.

"E a te cosa importa?" si è irritato il signor André.

"È per sapere chi deve salire per primo. Tutti dobbiamo dire il nostro nome."

Abbiamo gridato:

"Il nome! Il nome!"

E alla fine il signor André ha mormorato:

"Abraham..."

Con un nome che iniziava per A, seguita da una B, toccava al signor André arrampicarsi sulla corda. Lui ha urlato che non intendeva ubbidirci, non se ne parlava nemmeno, ma noi abbiamo scandito in coro:

"DE-MO-CRA-ZIA! DE-MO-CRA-ZIA!"

Allora il signor André ha detto: "E va bene." Si è aggrappato a una delle corde con le sue manine magre ed è salito. Ma arrivato in cima, ha mollato la presa e si è schiantato a terra come un sasso.

Il povero signor André urlava che si era slogato dappertutto. E siccome non sapevamo cosa fare, ci siamo messi a urlare anche noi.

Sono arrivati di corsa degli insegnanti per aiutare il signor André, che è stato portato in infermeria. E poi sono arrivati anche il Direttore e la signorina Jennings.

La signorina Jennings ha suggerito di sospendere la lezione per quel giorno. Ma il Direttore ha risposto: "Quando si cade da cavallo, bisogna risalire subito in sella!"

Avrei voluto precisare che il signor André era caduto dalla corda e non da un cavallo, ma credo che con il Direttore non bisognasse sforzarsi di trovare una logica.

In quel momento, il Direttore ha visto il pallone che Yoshi stringeva tra le mani.

"Ah! Bene bene," ha detto. "Faremo una partitella a calcio: a tutti piace il calcio."

La classe di Balthazar ha esultato perché andavano tutti pazzi per il calcio. Noi abbiamo cercato di spiegare al Direttore che il pallone di Yoshi era un tesoro firmato da una celebrità. Persino la signorina Jennings gli ha detto:

"Non è una buona idea."

Il Direttore ha domandato a Yoshi:

"Ehi, birbantello, mi presteresti il tuo pallone?"

Yoshi ovviamente non ha risposto perché non parla. Il Direttore, che a quanto pare adora i proverbi, ha dichiarato: "Chi tace, acconsente." E senza attendere oltre, ha preso il pallone dalle mani di Yoshi e, con un calcio da bomber, lo ha spedito in direzione del campo da gioco.

Ci siamo tutti precipitati per tentare di recuperare il pallone di Yoshi, che non è un semplice pallone da calcio, ma un tesoro. Il Direttore, però, gli aveva dato un calcio pazzesco e il pallone era volato altissimo, aveva superato la recinzione del campo ed era atterrato nella strada vicina, per poi proseguire la sua corsa e finire in una scarpata.

Ci siamo fiondati sulla strada per raggiungere la scarpata e recuperare il prezioso pallone. Il Direttore ci è venuto dietro, incavolato nero e senza fiato per la corsa.

“Siete pazzi ad attraversare la strada senza guardare?!” ha sbraitato. “È pericolosissimo!”

A quel punto, il Direttore ha decretato che la lezione di ginnastica era annullata e che avrebbe organizzato una lezione sulla sicurezza stradale per insegnarci come si vive. In realtà era per insegnarci come si attraversa la strada, ma non abbiamo detto niente. Si chiama tenere un profilo basso.

Ed è stato così che la catastrofica lezione di ginnastica ha portato alla catastrofica lezione sulla sicurezza stradale.

8. La lezione sulla sicurezza stradale

Pochi giorni dopo la catastrofica lezione di ginnastica, un vero poliziotto è venuto a scuola per tenere una lezione sulla sicurezza stradale.

Eravamo elettrizzati all'idea di vedere da vicino un vero poliziotto. E soprattutto eravamo molto impazienti di parlargli della nostra indagine. Avrebbe di certo potuto aiutarci a svelare i due misteri che si paravano sul cammino della verità: chi era il proprietario della scuola? L'alibi del custode era fondato?

Il poliziotto è arrivato a bordo di una macchina della polizia, e siamo rimasti tutti molto impressionati. Eravamo di vedetta nel cortile della ricreazione e appena abbiamo avvistato l'auto tutta scintillante con i lampeggianti blu, ci siamo precipitati verso il parcheggio per offrire al visitatore un'accoglienza degna del suo rango.

Il Direttore ci è subito corso dietro per fermarci.

"Cominciamo male, con la sicurezza stradale," ha sbottato. "Non potete irrompere in questo modo in un parcheggio!"

Gli abbiamo spiegato che era per vedere più da vicino la macchina della polizia, e lui ci ha ordinato di camminare in fila per due e di seguirlo.

Quando siamo arrivati alla macchina, il poliziotto stava scendendo, aveva un aspetto magnifico nella sua uniforme, con una grossa pistola appesa al cinturone. Ci ha salutato con grande gentilezza. Gli abbiamo chiesto se poteva accendere la sirena e i lampeggianti e lui l'ha fatto: è stato fantastico. Thomas gli ha domandato se potevamo fare un giro in macchina con la sirena accesa, ma lui ci ha spiegato che si poteva usare solo in caso di emergenza.

"Solo un pezzettino di strada, per favore!" ha supplicato Giovanni.

"No," ha risposto il poliziotto.

"Ci piacerebbe tantissimo," ha insistito Giovanni.

Il poliziotto si è mostrato inflessibile:

"È proibito dalla legge."

"Una legge che impedisce di fare contenti dei bambini è una buona legge?" ha chiesto Otto.

Il poliziotto si è grattato la testa e ha risposto:

"La legge è legge!"

Dopo abbiamo scortato il poliziotto fino alla nostra classe e ci siamo seduti in cerchio per ascoltarlo.

Ho subito alzato la mano per fare una domanda.

"Sì, piccola?" ha detto il poliziotto.

"Abbiamo notato la pistola che porta al cinturone e ci chiedevamo se ha intenzione di uccidere qualcuno..."

"Oh no," ha risposto lui con aria sorpresa.

"Se non rispondiamo sinceramente alle sue domande, ci sparerà?" si è allarmato Artie.

"No."

"Ma potrebbe farlo?"

"No, non potrei."

"Perché no?" si è informato Thomas.

"Perché non si spara ai bambini."

"Qualche volta ha già sparato a un adulto?" ha chiesto Giovanni.

"No."

"Perché?"

"Perché io non sparo alle persone."

"Nemmeno ai ladri?" ha chiesto Thomas.

"Nemmeno ai ladri," ha detto il poliziotto.

"Perché no?"

"Sono i miei colleghi a dare la caccia ai ladri, non io."

"È un poliziotto di mezza tacca? Per questo non dà la caccia ai ladri?" ha domandato Otto.

"Sentite, bambini," ha spiegato lui in tono affabile, "ogni poliziotto ha una missione diversa. La mia è quella di andare nelle scuole per assicurarmi che i bambini attraversino la strada in tutta sicurezza."

"Se un bambino viene investito da una macchina, mette la sirena?"

"Non chiamano me in caso di incidente. Come ho detto, ogni poliziotto ha..."

Giovanni lo ha interrotto:

"Deve essere davvero scarso, se non la chiamano mai per niente."

"Come vi ho detto..." ha cercato di difendersi il poliziotto senza perdere la calma.

Ma è stato ancora interrotto, questa volta da Otto:

"Perché ha una sirena, se non la mette mai in funzione?"

"E anche quella bella pistola, che non usa mai!" ha aggiunto Thomas.

Abbiamo preteso dal poliziotto che ci desse la sua pistola, visto che non se ne faceva un bel niente. Ma lui ha risposto che era fuori discussione.

"Quando non uso più i miei giocattoli," ho osservato, "la mamma li dà a chi non ne ha."

"Questa è una cosa molto bella," ha detto il poliziotto.

"Be', noi non abbiamo una pistola," ho insistito. "Quindi sarebbe davvero carino se ci desse la sua..."

Alla fine il Direttore si è quasi arrabbiato:

"Bambini, per favore, smettetela con tutte queste chiacchiere sulla pistola. Il signor poliziotto è venuto a parlarci della sicurezza stradale. Ora fate silenzio e lasciatelo parlare."

Ci siamo tutti zittiti e il poliziotto ha cominciato la sua lezione.

"Vedete, bambini," ci ha spiegato, "il grande pericolo della strada sono le automobili..."

Thomas ha alzato la mano. Il poliziotto si è fermato:

"Sì, giovanotto?"

"È permesso dire le parolacce in macchina?"

"No," ha risposto il poliziotto.

Abbiamo avvertito un brivido di paura perché tutti i nostri genitori dicono parolacce in macchina. Thomas ha aggiunto:

"Mio padre dice un sacco di parolacce mentre guida. Mamma sostiene che, quando è al volante, diventa un pazzo furioso..."

"Sparerà al padre di Thomas perché è pazzo furioso?" ha chiesto Otto.

Thomas si è messo a piangere all'idea che avrebbe sparato a suo padre, ma il poliziotto lo ha rassicurato:

"Non sparerò a nessuno, te lo prometto."

Al che abbiamo subito protestato tutti:

"Allora ci dia la sua pistola!"

Il poliziotto ha fatto dei respironi profondi e poi ha detto:

"Bene. Concentriamoci sulle regole della circolazione stradale. Il pericolo maggiore per i pedoni è quello di attraversare la strada senza guardare."

Non eravamo per nulla d'accordo. E abbiamo alzato tutti la mano per dirlo.

"Che c'è ora?" ha chiesto il poliziotto.

"Si può benissimo attraversare una strada senza guardare," ho dichiarato. "È il conducente dell'auto che farebbe meglio a guardare dove sta andando."

"No, non potete attraversare se prima non avete guardato," ha detto il poliziotto.

"I ciechi hanno il diritto di attraversare la strada, no?" gli ho fatto notare.

"Sì," ha ammesso il poliziotto.

"Però non possono guidare, giusto?"

"No, effettivamente."

"Ecco, lo vede? È per guidare che bisogna guardare!"

Il poliziotto si è grattato la testa e ha deciso di portarci fuori per un'esercitazione pratica. Siamo andati sul ciglio della strada davanti alla scuola. Ci ha indicato le linee delle strisce pedonali e ci ha spiegato che avremmo attraversato tutti insieme. Ma prima di attraversare, noi volevamo innanzitutto parlare.

"Di cosa volete parlare, adesso?" ha chiesto il poliziotto, che faceva sempre più fatica a trattenere l'irritazione.

"Vogliamo parlare delle linee per terra," ha spiegato Artie. "Perché hanno fatto delle linee anziché dipingere tutto l'asfalto? Si vedrebbe molto meglio."

"È vero," ha ribadito Otto. "Se ci sono delle linee, ci deve essere una buona ragione, giusto?"

"Non ne ho idea," ha confessato il poliziotto.

"Come, non ne ha idea?" si è spazientito Thomas. "È un poliziotto specializzato in circolazione stradale: se c'è qualcuno che dovrebbe intendersene di passaggi pedonali è proprio lei!"

"Forse bisogna saltarle," ho suggerito.

"Saltarle?" ha ripetuto il poliziotto senza capire.

"Saltare oltre le linee. Oppure saltare su ogni linea senza toccare lo spazio in mezzo."

"Se manchi una linea, muori!" ha urlato Artie.

"Nessuno morirà!" ha ripetuto il poliziotto.

"Quello che è certo," ha detto Otto, "è che se ci sono delle linee, o bisogna obbligatoriamente camminarci sopra, oppure non si deve assolutamente toccarle..."

"Potete camminarci sopra," ha tagliato corto il poliziotto.

"Ogni piede deve toccare ogni linea?" ha chiesto Giovanni. "E con che piede si deve cominciare?"

"E perché le linee non sono nell'altro senso? Sarebbe molto più logico!"

"Non lo so," ha ammesso il poliziotto. "Basta passare da un marciapiede all'altro entro i confini di questi segni tracciati per terra."

"Ci faccia vedere come si fa, visto che è tanto bravo!" gli ha detto Otto.

"Be', non ci vuole poi tanto," si è innervosito il poliziotto, "la strada si attraversa così!"

Dopo aver pronunciato queste parole, si è lanciato sul passaggio pedonale. Sfortunatamente per lui, la macchina che stava arrivando non ha guardato bene e gli è finita addosso.

Il poliziotto si è ritrovato a terra: si lamentava e sembrava provare un dolore terribile. Hanno iniziato a gridare tutti: il poliziotto, Artie e il conducente dell'auto, che continuava a ripetere: "Ma insomma... Bisogna guardare prima di attraversare la strada!"

Abbiamo spiegato al conducente che toccava a quello sulla macchina guardare.

"I ciechi possono attraversare una strada?" gli ho chiesto.

"Ehm, sì..."

"I ciechi possono guidare?"

"No."

"Ecco, appunto. Quindi non c'è bisogno di guardare per attraversare, ma si deve guardare per guidare."

È arrivata un'ambulanza e c'è stato di nuovo un gran trambusto.

"Forza bambini, andiamo," ha detto il Direttore. "Vi riporto in classe."

"E la lezione sulla sicurezza stradale?" ha chiesto Otto.

"Annullata!" ha tuonato il Direttore, che non sembrava molto contento.

Tra la lezione di ginnastica sospesa e la lezione sulla sicurezza stradale annullata, ci siamo domandati se il lavoro del Direttore fosse quello di annullare le lezioni.

Siamo tornati in classe.

Eravamo dispiaciuti per il poliziotto che si era fatto male e anche per il fatto che non avevamo potuto parlargli della nostra indagine. Ma la buona notizia era che, grazie al Direttore, avremmo rivisto molto presto il nostro poliziotto.

9. Tutti all'ospedale!

In seguito all'incidente capitato al poliziotto, il Direttore ha organizzato una visita all'ospedale. "Quando qualcuno sta male o è ferito, dopo bisogna chiedere sue notizie," ci ha spiegato.

Otto, che ha i genitori divorziati, ha raccontato al Direttore che la madre diceva di essere stata molto ferita dall'ex marito, eppure suo padre non era minimamente interessato ad avere sue notizie. Il Direttore è rimasto spiazzato e non ha saputo cosa rispondere.

E così siamo andati tutti all'ospedale con il pulmino della scuola, insieme al Direttore e alla signorina Jennings. Artie era preoccupato all'idea di salire sul pulmino per via delle malattie, ma si è tranquillizzato perché, visto che andavamo all'ospedale, nel caso di un contagio ci avrebbero potuto curare immediatamente. Sul pulmino ha chiesto al Direttore:

"Potremo vedere le sale operatorie?"

Il Direttore lo ha guardato con un'espressione severa:

"No! Non andiamo lì per divertirci, ma per fare un'ammenda onorevole."

Poiché sono molto golosa, ho pensato che era fantastico dover fare una merenda onorevole. Ma Artie ha osservato che sarebbe stato meglio prepararla prima, perché in ospedale non è permesso cucinare: Artie se ne intende di ospedali perché ci va continuamente. Giovanni ha aggiunto che, se lo avesse saputo, avrebbe chiesto al suo cuoco di preparare una merenda onorevole per tutti.

"Un'ammenda, non una merenda," ci ha spiegato il Direttore, a cui piace tanto fare il sapientone. "Significa che siete dispiaciuti per quello che avete fatto."

Per la verità, noi non avevamo fatto proprio niente, era stata la macchina. Ma non abbiamo detto nulla. E poi eravamo contenti di andare a fare la nostra ammenda onorevole al poliziotto perché questo ci offriva l'opportunità di rivederlo e di parlargli della nostra indagine, che non aveva compiuto molti passi avanti.

Quando siamo arrivati nella stanza del poliziotto, c'era un dottore che lo stava auscultando. Il poliziotto ci ha accolto con un gran sorriso e il dottore ha detto che eravamo gentili a fargli visita. Artie era molto contento di incontrare un vero medico.

"Ci sarebbe tanto piaciuto vedere le sale operatorie, ma siamo venuti per fare un'ammenda onorevole," gli ha detto.

Al che il poliziotto ha risposto:

"A proposito di merenda, sgranocchierei volentieri qualcosa... Il pranzo non era un granché."

Il Direttore si è offerto di andare immediatamente al bar.

"Mi accompagni," ha proposto alla signorina Jennings. "Ne approfitteremo per bere un caffettino e parlare di quel programma."

"Non è una buona idea lasciare i bambini da soli," ha detto la signorina Jennings, preoccupata.

"Sono con un poliziotto," le ha fatto notare il Direttore. "E poi, dove vuole che vadano?"

La signorina Jennings ha ceduto. Lei e il Direttore si sono avviati verso il bar dell'ospedale. A noi andava bene che si allontanassero per prendersi un caffettino, così potevamo saltare le ammende onorevoli e passare direttamente all'indagine.

Ho spiegato al poliziotto che stavamo investigando sull'allagamento della nostra scuola speciale. Gli ho raccontato dell'indagine piuttosto frettolosa del capo dei pompieri, della chiacchierata con la nonna di Giovanni, che è un'esperta di serie poliziesche, e della nostra lista dei sospetti, che si riduceva a due persone: il proprietario della scuola, il cui movente era quello di intascare il risarcimento dell'assicurazione, e il custode, il cui movente era di non dover più lavorare perché la scuola era chiusa.

"Il custode potrebbe avere un alibi," ho precisato. "Sua madre si è rotta una gamba il giorno dell'allagamento e sembra che lui l'abbia raggiunta all'ospedale."

Il poliziotto è rimasto sbalordito dalla nostra indagine. Dopo aver riflettuto un attimo, ha detto:

"La scuola appartiene al Comune. E credetemi, il Comune non ha nessun interesse a danneggiare gli immobili di sua proprietà. Per loro sarà una bella grana gestire le riparazioni, visto che di certo hanno anche una pessima assicurazione."

"Quindi possiamo cancellare questo sospetto dalla nostra lista?" ho chiesto.

"Sì," ha affermato il poliziotto.

"Allora è stato il custode!" ha concluso Thomas.

"Non correre troppo," ha detto il poliziotto. "Bisogna prima verificare il suo alibi. Sarà facile accertare se la madre del custode è stata davvero portata all'ospedale, visto che in questa città c'è un solo ospedale, quello in cui ci troviamo ora."

Avevamo fatto bene a parlare con il poliziotto. A quel punto, lui si è alzato dal letto (non sembrava gravemente ferito), ha frugato nel comodino e ha tirato fuori il distintivo. Abbiamo tutti voluto toccare il distintivo, tranne Artie, per via delle malattie.

"Seguitemi," ha detto il poliziotto uscendo dalla stanza.

Lo abbiamo seguito.

Era buffo, quel poliziotto: indossava un camice da degente e gli si vedeva il sedere. Siamo andati con lui all'accettazione, dove ha brandito il suo distintivo mostrandolo all'impiegata dietro il banco. Era proprio come nelle serie poliziesche della nonna di Giovanni, solo che nelle serie non si vede il sedere del poliziotto.

Poiché non conoscevamo il nome della madre del custode, il poliziotto ha fatto il conto dei giorni all'indietro per risalire alla data dell'allagamento e ha chiesto all'impiegata se quel giorno era stata ricoverata una signora con una gamba rotta.

L'impiegata era scocciata di dover dare informazioni a un poliziotto col culo di fuori, ma poiché non ci si può mai rifiutare davanti a un distintivo della polizia, ha guardato il computer e ha detto:

"Sì, in effetti. Una certa Miranda Saltmaner."

Non avevamo idea se fosse la madre del custode, ma la signora era ancora in ospedale, quindi il poliziotto ha chiesto il numero della sua camera e lo abbiamo seguito tutti attraverso i corridoi fino a una stanza dove c'era una vecchia signora con una gamba rotta che sembrava contentissima di vederci.

"Una visita!" ha esclamato la vecchia signora. "Buongiorno, miei cari, volete una caramella?"

Abbiamo tutti preso una caramella, poi abbiamo spiegato che stavamo indagando sull'allagamento della nostra scuola.

"Siete i bambini della scuola speciale?" ha chiesto.

"Conosce la nostra scuola?" ho detto, stupita.

"Mio figlio è il custode ."

Il poliziotto ha domandato allora alla vecchia signora quando si fosse rotta la gamba. Era successo proprio il giorno dell'allagamento. E il figlio era rimasto al suo capezzale dal pomeriggio fino a sera.

"Ma guarda un po'!" ha esclamato Giovanni. "Il colpevole quindi non è il custode."

"Colpevole di cosa?" si è informata la vecchia signora.

"Dell'allagamento."

Allora le abbiamo ripetuto della nostra indagine e poi il poliziotto ha detto:

"Il custode potrebbe essere tornato durante il fine-settimana per provocare l'allagamento..."

"Mio figlio?" ha detto la vecchia signora, scossa. "Allagare la scuola? Non farebbe mai una cosa del genere. E sapete cosa mi ha detto? Secondo le ultime notizie, il Comune non è certo di riassegnare l'edificio alla scuola speciale, e mio figlio potrebbe perdere il lavoro."

Ci è dispiaciuto molto sapere che il custode avrebbe potuto perdere il lavoro. Questo confermava che non era stato sicuramente lui a provocare l'allagamento. Al tempo stesso, però, ci scocciava, perché ormai la nostra lista dei sospetti era vuota. Se il colpevole non era né il proprietario della scuola né il custode, allora chi era? Chi aveva interesse ad allagare la nostra scuola?

Eravamo così scoraggiati che ci è venuta voglia di piangere. Ma il poliziotto ci ha detto:

"In alto i cuori, bambini." (Normalmente i poliziotti dicono "Mani in alto", ma questo doveva essere un poliziotto diverso.) "Ci deve per forza essere un indizio che ci è sfuggito."

“Quale indizio è fuggito?” si è informato Otto.

“Non lo so,” ha detto il poliziotto, “ma lo troveremo. Non avete notato nulla sul posto?”

“Che posto?” ho chiesto.

“Nella vostra scuola. Di norma, quando si svolge un’indagine bisogna perlustrare il luogo in cui è avvenuto il crimine per trovare degli indizi.”

Era un’idea eccellente. Il giorno in cui era stato scoperto l’allagamento non avevamo potuto farlo perché c’erano i nostri genitori, la maestra, i pompieri e tutti gli altri. Allora il poliziotto ha decretato:

“Andiamoci subito!”

Non potevamo immaginare quello che stavamo per scoprire.

10. Tutti a scuola!

Grazie all'aiuto del poliziotto, l'indagine stava per conoscere una svolta.

Lo abbiamo seguito fino al pulmino, fermo in attesa nel parcheggio dell'ospedale. Il Direttore e la signorina Jennings non erano ancora riapparsi: evidentemente erano troppo impegnati a prendere il caffettino.

A noi stava bene così: sapevamo che non ci avrebbero mai dato il permesso di indagare nella scuola speciale. E abbiamo pensato che avremmo avuto il tempo di fare avanti e indietro velocemente, senza che loro si accorgessero di nulla.

Il poliziotto ha detto all'autista che dovevamo tornare tutti a scuola, e l'autista è partito senza fare domande.

Ci ha fatto uno strano effetto tornare alla scuola speciale.

L'edificio era circondato dalle barriere che mettono di solito attorno ai cantieri edilizi; su una di esse qualcuno aveva attaccato un grande cartello: DIVIETO DI ACCESSO. Non c'era nessuno per impedirci di passare e, comunque, visto che eravamo con un poliziotto, potevamo accedere dove volevamo. Così abbiamo superato le recinzioni e siamo entrati.

Abbiamo rivisto la nostra classe, ma non era più la nostra classe. Il pavimento faceva schifo ed era ancora umido. C'era sporco dappertutto e macchie sui muri. I banchi e le sedie erano stati impilati in un angolo.

"L'acqua ha fatto un bel po' di danni," ha constatato il poliziotto.

Dopo lo abbiamo portato nei bagni, dove era iniziato l'allagamento. Lì c'era ancora un sottile strato d'acqua per terra.

Il poliziotto ha esaminato con attenzione i lavandini che erano stati sturati, probabilmente dai pompieri. C'erano sei lavandini, allineati uno accanto all'altro.

Noi non sapevamo bene dove cercare gli indizi, ma lui sembrava sapere il fatto suo. È rimasto a lungo in silenzio, assumendo un'aria da poliziotto. Poi ha detto:

"I sei lavandini sono stati otturati contemporaneamente e i rubinetti sono stati lasciati aperti per tutto il fine-settimana, altrimenti non ci sarebbero danni simili."

"È quello che ha concluso anche il capo dei pompieri, in effetti," ho detto. "I lavandini erano otturati con della plastilina."

Il poliziotto ha aperto al massimo i sei rubinetti ed è andato prima nell'aula e poi nell'ingresso della scuola.

"Ascoltate... Da qui si sente chiaramente il rumore dell'acqua che scorre. Questo significa che, anche in assenza del custode, l'ultima persona che ha lasciato la scuola deve per forza aver sentito l'acqua che scorreva nei bagni..."

"Normalmente è il custode a chiudere la scuola," ho detto, "ma il giorno dell'allagamento era in ospedale con la madre. L'ultima a lasciare la scuola è stata la signorina Jennings."

"Quindi, se l'acqua scorreva dai rubinetti, la signorina Jennings non poteva non sentirla," ha concluso il poliziotto.

"Allora perché non li ha chiusi, se ha sentito l'acqua?" ha chiesto Otto.

"Perché in quel momento i rubinetti erano chiusi," ho suggerito io.

"Oppure perché è stata lei a provocare l'allagamento," ha detto Thomas.

Il poliziotto ha annuito con aria grave. Ci siamo guardati tutti con apprensione. Possibile? La signorina Jennings aveva allagato la scuola? Perché avrebbe dovuto fare una cosa del genere?

A quel punto il poliziotto ha ispezionato tutte le finestre e la porta d'ingresso.

"Niente segni d'effrazione," ha constatato.

"Perché le frazioni dovrebbero fare dei segni?" ha chiesto Giovanni.

"No, cioè... Significa che non ci sono tracce di scasso," ha spiegato il poliziotto, che sembrava un tipo davvero in gamba. "Nessuno ha cercato di rompere un vetro o di forzare la serratura per introdursi nella scuola."

"Dove vuole arrivare, signor poliziotto?" ho chiesto.

"Chiunque abbia allagato la scuola aveva la chiave," ha risposto lui con aria grave. "Volete che vi dica qual è la mia ipotesi?"

Abbiamo tutti gridato: "Sììì!", tranne Yoshi che non parla e Thomas che non sapeva cosa fosse un'ipotesi. Giovanni ha spiegato che nelle serie di sua nonna, quando l'investigatore pensa di aver trovato il colpevole, racconta in che modo e per quale motivo ha agito. E nelle serie, mentre l'investigatore parla, si vedono le immagini del criminale che agisce.

Il poliziotto si è offerto di raccontarci la sua ipotesi come in una serie:

"Era da un po' di tempo che la signorina Jennings aveva in mente di rendere la scuola inagibile. Per quale ragione? Ancora non lo sappiamo. Ma aveva un piano: allagare la scuola e far credere che si fosse trattato di uno sfortunato incidente, una distrazione dei suoi alunni così speciali. Sapeva come fare: servirsi di uno dei loro giochi preferiti, la plastilina, per otturare i lavandini e poi lasciar scorrere l'acqua per un intero fine-settimana. Doveva trovare il momento giusto per agire, però: quella che si chiama un''opportunità'. E l'opportunità si è presentata quel fatidico giorno in cui il custode le ha comunicato di dover correre al capezzale della madre che si era rotta una gamba. 'Ma certo, stia tranquillo, vada pure a occuparsi di sua madre,' ha detto la signorina Jennings. 'Ci penso io a chiudere, non si preoccupi.' Il custode si è allontanato. Poi il giorno di scuola è giunto al termine. Una volta andati via gli alunni, la signorina Jennings è rimasta sola. Si è affrettata a otturare gli scarichi dei lavandini con la plastilina, ha aperto tutti i rubinetti ed è uscita, chiudendo a doppia mandata la porta con un sorriso malefico."

Nell'atrio della nostra scuola speciale allagata, siamo rimasti tutti sconcertati dall'ipotesi del poliziotto. In un batter d'occhio, la signorina Jennings era diventata la nostra sospetta numero uno.

"Quasi sempre il sospetto è lì fin dall'inizio, proprio sotto i nostri occhi," ha detto il poliziotto. "A volte, è addirittura sulla scena del crimine, mescolato alla folla dei curiosi."

In effetti, la mattina in cui l'allagamento era stato scoperto la signorina Jennings si trovava sulla scena del crimine, ma dopotutto era normale, visto che si trattava della sua scuola.

"Cosa facciamo adesso?" ha chiesto Giovanni. "Avvertiamo la polizia?"

"Sono io la polizia," gli ha ricordato il poliziotto. "Adesso ci servono delle prove. Non si può accusare qualcuno senza prove."

"Ma lei ha appena accusato la signorina Jennings," gli ho fatto notare.

"No, io ho formulato un''ipotesi'," ha precisato il poliziotto. "Ora abbiamo bisogno di prove concrete.

E di un movente. Perché la vostra maestra avrebbe dovuto allagare la scuola?"

Non abbiamo avuto il tempo di discuterne perché in quell'istante nel parco davanti alla scuola sono apparsi la signorina Jennings e il Direttore. Siamo usciti tutti dall'edificio e la signorina Jennings si è precipitata verso di noi, in lacrime:

"Miei cari, ho avuto così tanta paura, pensavo di avervi perso... Che stavate combinando lì dentro, è pericoloso entrare, il pavimento potrebbe cedere."

Il Direttore sembrava arrabbiatissimo. Si è messo a urlare contro il poliziotto:

"Ma cosa fa, è incosciente? Se ne va, trascinandosi dietro i bambini senza avvisarmi? Prende il pulmino e porta i bambini in una scuola sinistrata e inagibile? È completamente pazzo?!"

"Siete stati voi ad andarvene al bar," gli ha fatto notare il poliziotto.

"Perché me l'ha chiesto lei!" ha esclamato il Direttore.

"Ehi, senta un po'..." gli ha risposto per le rime il poliziotto. "Mi sembrava piuttosto contento di andare a bere un caffè con la sua signorina!"

"Questo non la riguarda!" si è infuriato il Direttore. "E poi, che ci fa con un camice da ospedale?

Le si vedono le chiappe: crede che sia un bello spettacolo da mostrare ai bambini? Tanto più che sono bambini speciali!"

"Che vuol dire 'speciali'?" ha chiesto il poliziotto.

"Vede bene che sono diversi, no?" ha urlato il Direttore.

"Io sono un poliziotto," si è difeso lui, "non un infantologo!"

"Un *infantologo*?" ha detto il Direttore con voce alterata. "E cosa sarebbe?"

"Uno specialista dell'infanzia!" ha risposto il poliziotto.

"Ma andiamo! Non significa niente, *infantologo*! Farebbe bene a tornare a scuola, mio povero amico."

"Oh, va bene, signooor scienziato! E poi non sono certo suo amico!"

Il Direttore e il poliziotto hanno continuato a urlarsi contro. La signorina Jennings ci ha detto di tenerci per mano e siamo tornati in classe.

Ho preso la mano della signorina Jennings e l'ho osservata attentamente.

Mi sono chiesta che cosa ci stesse nascondendo.

11. La serata con i genitori

Abbiamo passato i giorni seguenti a studiare il comportamento della signorina Jennings. Tutto quello che potevamo dire è che era sempre di buon umore, gentile, gioviale, affettuosa e attenta alle nostre esigenze.

La domenica dopo, Giovanni ci ha invitati a casa sua per consultare di nuovo la nonna. E la nonna ha decretato che la signorina Jennings era certamente la colpevole.

"Tutta questa gentilezza," ha detto, "è davvero molto sospetta. Inoltre, nelle serie è sempre la bella signorina di turno ad aver commesso il misfatto."

"Perché?" ho chiesto.

"Perché vuole sbarazzarsi del marito per stare col suo ganzo."

"È vero che ci sono molti ganzi nel guardaroba della nostra scuola," ha osservato Giovanni.

"Quelli sono ganci," lo ha corretto Otto. "Un 'ganzo' è un innamorato che non è tuo marito."

“Il poliziotto pensa che forse la signorina Jennings ha nascosto qualcosa nella scuola e non vuole che venga scoperto,” ha detto Thomas.

“Di sicuro, il cadavere del marito che sta marcendo nello scantinato,” ha decretato la nonna, affumicandoci con la sua sigaretta.

Siamo tutti rabbrividiti dalla paura. Ma quell’ipotesi non stava in piedi perché, in primo luogo, nella scuola speciale non c’era uno scantinato e, in secondo luogo, la signorina Jennings non era sposata. Dovevamo continuare a cercare.

Se noi eravamo molto presi dalla nostra indagine, il Direttore era molto preso dal programma sulla democrazia. Una mattina è venuto in classe e ci ha annunciato:

“Miei piccoli birbanti, io e la vostra maestra abbiamo avuto modo di parlare del programma.” (I famosi caffettini avevano finalmente dato i loro frutti.) “Abbiamo deciso di organizzare per la fine dell’anno un grande spettacolo sulla democrazia.”

“Noi preferiremmo fare uno spettacolo sui pirati,” ha detto Thomas.

“Ma non è quello che abbiamo deciso noi,” ha risposto il Direttore.

"Non è molto democratico decidere al posto nostro," ha fatto notare Otto.

"In democrazia c'è un capo che decide per gli altri. Questo capo è eletto da tutti, e cioè democraticamente, per prendere decisioni collettive."

"Quindi lei è il capo della scuola?" ha chiesto Giovanni.

"Esattamente."

"Ed è stato eletto?"

"No," ha risposto il Direttore, "ma sono stato nominato da persone che sono state elette. I vostri genitori hanno votato per queste persone. Per esempio, per il sindaco della nostra città, il quale, secondo la legge, è responsabile dell'organizzazione della scuola, dei vigili del fuoco, della polizia... Eccetera, eccetera."

"Mio padre non vota più," ha spiegato Thomas, "perché dice che i politici sono tutti corrotti."

"E perché lo dice ?" si è informato il Direttore.

"Perché non ha avuto sovvenzioni dal Comune per la sua palestra di karatè."

"Se non si vota, la democrazia non può funzionare," ha spiegato il Direttore. "È molto importante votare, altrimenti si indebolisce la democrazia."

"Perché?" ha chiesto Giovanni.

“La democrazia funziona correttamente solo se tutti gli elettori vanno a votare. Perché così la decisione presa dalla maggioranza, e cioè dal maggior numero di votanti, rappresenta davvero la volontà degli elettori. La maggioranza decide e la minoranza deve accettare la sua decisione. Ma se le persone non vanno a votare, non fanno sentire la loro voce, questo significa che la decisione che verrà presa non rappresenterà quella della maggioranza della popolazione, ma quella di una minoranza. Non andando a votare, lasciamo che sia la minoranza a decidere, il che è contrario ai fondamenti della democrazia.”

Abbiamo guardato il Direttore con un’espressione stranita: non avevamo capito niente delle sue spiegazioni. E poiché il Direttore ha capito che non avevamo capito, ci ha detto:

“Miei piccoli birbanti, vi darò un esempio molto semplice. Ora faremo una votazione.”

L’abbiamo trovata una cosa fantastica, non avevamo ancora mai fatto una votazione in vita nostra.

“Per cosa votiamo?” ha chiesto Otto.

“Per il pranzo. Dovete decidere cosa mangerete oggi, ma attenzione: il pasto sarà uguale per tutti. Dovete scegliere tra i broccoli e una pizza. E ora, procediamo con la votazione. E ricordate, ognuno di voi può votare solo una volta: chi vota per la pizza alzi la mano."

Otto, Thomas, Yoshi e io abbiamo alzato la mano.

"Sono quattro voti per la pizza," ha contato il Direttore. "E ora, chi vota per i broccoli?"

Artie e Giovanni hanno alzato la mano.

Artie ha spiegato che i broccoli erano pieni di fibre, che favorivano il transito ed evitavano le occlusioni intestinali. E Giovanni, invece, ha detto che sua madre lo costringeva comunque a mangiare i broccoli una volta alla settimana, e così tanto valeva togliersi il pensiero.

"Quindi sono quattro voti per la pizza e due per i broccoli," ha sentenziato il Direttore. "La pizza vince le elezioni. Il che vuol dire che a mezzogiorno l'intera classe mangerà pizza!"

Abbiamo lanciato tutti urla di gioia.

"Non hanno la pizza alla mensa," ha ricordato Otto, che sa veramente tutto, compreso il menù della mensa.

"Andrò a prenderla alla pizzeria qui vicino," ha detto il Direttore.

Abbiamo di nuovo lanciato urla di gioia perché il Direttore era davvero simpatico. A quel punto, però, il Direttore ci ha detto:

"Ora, immaginate di votare un'altra volta. Pizza contro broccoli. Ma Otto, Thomas e Yoshi si astengono dal voto, perché se ne dimenticano e non sono interessati. Chi vuole mangiare la pizza?"

Sono stata l'unica ad alzare la mano. Poi il Direttore ha chiesto chi volesse mangiare broccoli: Otto e Artie hanno alzato a loro volta la mano.

"Alla fine," ha detto il Direttore, "ci sono due voti per i broccoli e uno per la pizza. Vincono i broccoli!"

"Ma non è giusto," ho protestato, "se gli altri avessero votato, avrebbe vinto la pizza."

"Hai perfettamente ragione," ha detto il Direttore. "Ora capite perché la democrazia si indebolisce se non si vota: la minoranza impone la sua scelta alla maggioranza."

"Avremo comunque la pizza?" ha chiesto Thomas, preoccupato.

"Sì," ha detto il Direttore.

Ci siamo tranquillizzati.

"Si è costretti a votare?" ho chiesto.

"No," ha detto il Direttore.

"Bisognerebbe essere costretti, se è così importante," ho osservato.

"Non hai torto," ha detto il Direttore, "ma non sarebbe democratico."

"Mia madre mi costringe a mangiare i broccoli," ha detto Giovanni. "È una cosa antidemocratica?"

"No," ha risposto in tono secco il Direttore.

"Votare è più importante di mangiare i broccoli?"

"Sì," ha affermato il Direttore.

"Allora perché si può obbligare qualcuno a mangiare i broccoli ma non a votare?"

Il Direttore ha mostrato un'espressione infastidita e non ha risposto.

"E lei vota?" ho chiesto.

"Naturalmente."

"Ha votato per il sindaco?"

"Preferisco tenere per me le mie opinioni."

Ho annuito:

"Mamma dice che non bisogna parlare del proprio voto, altrimenti tutti litigano, soprattutto durante i pranzi di famiglia."

"Verissimo," ha confermato il Direttore.

"Ma allora non è molto democratico, se non si ha il diritto di parlare del proprio voto."

"È vero," ha detto il Direttore. "Purtroppo alla gente non piace che gli altri abbiano idee diverse."

"Perché?"

"Perché li irrita. Non si rendono conto di quanto siamo fortunati a poter essere tutti diversi e vivere insieme. Perché è questo il bello della democrazia. È addirittura la definizione della libertà: poter essere se stessi in mezzo agli altri."

La signorina Jennings si è avvicinata al Direttore e gli ha detto:

"È davvero commovente, quello che ha detto..."

Il Direttore si è illuminato:

"Lei pensa?"

"Assolutamente!" ha confermato entusiasta la signorina Jennings. "Del resto, sarà proprio questo il filo conduttore del nostro spettacolo: un esperimento di democrazia!"

A noi è sembrata un'idea fantastica, e ci siamo subito messi all'opera insieme alle altre classi. Il titolo dello spettacolo sarebbe stato *Diversi, insieme*. Non avevamo mai lavorato con altri alunni: c'era un gran frastuono di voci, ma era davvero divertente. La signorina Jennings e il Direttore hanno deciso che lo spettacolo avrebbe raccontato la scelta di una pizza o di un piatto di broccoli per un pasto. Come in una campagna elettorale, ognuno avrebbe dovuto fornire delle argomentazioni.

Balthazar avrebbe interpretato il ruolo della pizza. Io ero stata designata per fare il broccolo ed ero particolarmente orgogliosa di aver ottenuto un ruolo così importante. Gli altri interpretavano le argomentazioni e le controargomentazioni, e altri ancora gli elettori refrattari.

Lo spettacolo prometteva bene: chi sarebbe stato eletto, Balthazar la pizza o io il broccolo? La pizza arrivava attorniata dalle sue argomentazioni, che la descrivevano come un alimento squisito e confortante che metteva tutti d'accordo. Le mie argomentazioni, invece, decantavano il fatto che ero piena di vitamina C, facevo bene alle gengive, ai denti e alla pelle, ero ricca di fibre e aiutavo a ridurre il colesterolo.

Poi arrivavano le controargomentazioni: la pizza era ricca di grassi saturi. Quanto ai broccoli, erano insipidi.

E dopo, ognuno dei candidati doveva annunciare il suo programma. "Io do la felicità!" gridava la pizza. "Io faccio bene alla salute!" si spolmonava il broccolo.

La signorina Jennings ha suggerito che alla fine dello spettacolo i genitori avrebbero potuto votare sul serio; l'esito della votazione avrebbe stabilito cosa sarebbe stato servito come buffet dopo la rappresentazione: dei broccoli o una pizza. Il Direttore ha pensato che fosse un'idea geniale. "Sarà il primo spettacolo interattivo della mia carriera!" ha commentato, esultante.

Purtroppo il nostro spettacolo sulla democrazia avrebbe finito per scontrarsi con i genitori degli alunni che, stavolta, non avevano affatto voglia di essere diversi, insieme.

Una delegazione di genitori è andata a lamentarsi con il Direttore che, per trarsi d'impaccio, ha dovuto organizzare una serata con i genitori per difendere il suo spettacolo.

Di solito, le serate dei genitori sono solo per i genitori, ma in questo caso erano stati invitati anche i bambini, in modo da poter discutere tutti insieme, dato che stare insieme era proprio il concetto di quella recita di fine anno.

Il Direttore ci ha riuniti tutti nella grande aula magna, poi ha preso la parola dal palco. A scuola c'è una regola: quando qualcuno parla, bisogna aspettare che abbia finito di esprimersi prima di poter intervenire. Ma, a quanto pare, le regole della scuola non valgono per i genitori, perché appena il povero Direttore ha aperto bocca è stato immediatamente interrotto.

"Ma che significa *Diversi, insieme*?" ha chiesto una delle mamme, preoccupata.

"È pessimo, come titolo per uno spettacolo!" si è dichiarato pienamente d'accordo un papà accanto a lei.

"E poi perché dovremmo essere diversi?"

Il Direttore ha cercato di argomentare:

"Siamo tutti diversi, è un dato di fatto..."

Ma subito dalla platea è arrivata una nuova recriminazione.

"È sempre per via dei bambini speciali?"

"Giusto! Perché non organizzate la solita recita di Natale?"

"Mio figlio interpreta una pizza!" ha protestato un uomo che doveva essere il padre di Balthazar. "L'anno scorso faceva San Giuseppe! Lasci che glielo dica: quest'anno mio figlio non sarà una pizza! Perché non della carta da culo, già che ci siamo?!"

Alcuni genitori hanno ridacchiato. Io ci sono rimasta malissimo quando ha detto carta da culo perché era la mia parolaccia.

Dopodiché c'è stata una specie di litigio generale.

"Che cos'è questa storia della democrazia?" ha chiesto una madre, furibonda.

"È il nostro programma comune di quest'anno per tutte le classi della scuola," ha cercato di spiegare il Direttore prima di essere interrotto di nuovo.

"Cosa state ficcando in testa ai nostri figli?" si è innervosito qualcuno.

"Un po' di educazione non farà certo male, *ai suoi figli*," gli ha risposto un altro.

"Cosa sta insinuando, razza di cafone."

In genere, quando gli animi si scaldano, tutti vengono contagiati. E mentre dai bambini ci si aspetta sempre che si comportino bene, gli adulti invece hanno il diritto di fare un po' come gli pare. E così tutti i genitori hanno cominciato a comportarsi malissimo e a bisticciare, compresi i genitori dei miei compagni che erano seduti insieme.

"Attenti a voi," ha urlato agli altri il padre di Thomas, "o vi stendo con una mossa di karatè!"

"In una democrazia non si usano mosse di karatè quando non si è d'accordo con qualcuno!" lo ha rimproverato il padre di Artie.

"I politici sono tutti corrotti!" ha esclamato il padre di Thomas.

"Oddio," ha detto la madre di Giovanni, "la conosciamo la sua solfa: non ha avuto sovvenzioni per il suo piccolo club di karatè..."

"'Piccolo club di karatè?' Ma sentila!" si è innervosito il padre di Thomas. "Non tutti cagano lingotti d'oro, cara signora!"

Noi abbiamo riso perché aveva detto una parolaccia. E io mi sono sentita un po' consolata dal mio dispiacere per la carta da culo.

Ci si sono messi anche i genitori di Otto:

"Te l'avevo detto che dovevamo lasciar perdere il sistema pubblico e iscrivere Otto a una scuola privata," ha rimproverato il padre alla madre.

"Una scuola privata? Ma lo sai quanto costa?" ha ribattuto la madre. "Comincia a pagare le spese di mantenimento, invece di darti delle arie davanti a tutti."

Artie ha iniziato a piagnucolare, lamentandosi che tutte quelle urla gli avrebbero perforato i timpani, e sua madre si è affrettata a mettergli le mani sulle orecchie. Ma Artie ha urlato ancora più forte perché la madre non si era lavata le mani prima di toccarlo.

Papà ha detto soltanto che bisognava mantenere il decoro, mentre mamma ha scosso la testa. "Questo spettacolo è davvero deplorevole," ha sospirato. Non ho osato dirle che quello non era lo spettacolo, ma solo una riunione dei genitori.

Gli unici che non hanno fiatato sono stati i genitori di Yoshi, che evidentemente non parlano nemmeno loro.

Alla fine, in mezzo a tutta quella cacofonia, il Direttore ha gridato nel microfono: "STOOOOOOOP!"

Nell'aula magna è calato di colpo il silenzio, e il Direttore ha dichiarato:

"Dal momento che le cose stanno così, annullerò lo spettacolo sulla democrazia! Ecco qua! Faremo la solita recita di fine anno, con le ridicole esibizioni dei vostri figli e le canzoni di Natale, ma anche di Chanukkah, e persino della festa di Visnù, già che ci siamo. E così saranno tutti contenti!"

Poi ha scagliato a terra il microfono e se n'è andato in un silenzio glaciale. Sembrava fuori di sé dalla rabbia.

Dopodiché tutti hanno lasciato l'aula magna senza dire granché.

Nella macchina dei miei genitori, mentre tornavamo a casa, mi sono sentita molto triste. Non per la carta da culo, ma per lo spettacolo. Era uno spettacolo bellissimo, e io ero molto felice di fare il broccolo. Peccato che fosse stato annullato. Ma quello che mi rattristava più di tutto era che, in fondo, mi ero resa conto che i genitori *contro* non erano molti. Però avevano fatto più chiasso degli altri. Si chiama una "minoranza rumorosa". I genitori che erano *a favore* non avevano parlato granché. A cominciare dai miei. Tacere non era molto coraggioso.

Alla fin fine, quella sera la democrazia era stata calpestata. E io mi sono detta che i veri colpevoli di quel fallimento non erano tanto i membri della minoranza rumorosa, che avevano il diritto di esprimere la propria opinione, ma tutti quelli intorno a loro che erano rimasti completamente zitti.

Sembra che si chiami la "maggioranza silenziosa".

12. Babbo Schiaffone

Dopo la catastrofica serata con i genitori il Direttore ha decretato che, con l'avvicinarsi delle ricorrenze di fine anno, avrebbe organizzato una grande festa su un argomento che non avrebbe irritato nessuno: Babbo Natale.

"E che non vengano a parlarmi di religione," ha aggiunto il Direttore. "Babbo Natale lo ha inventato la Coca-Cola!"

Non abbiamo capito cosa volesse dire, ma abbiamo pensato che la sua fosse una gran bella idea perché ci piace da impazzire Babbo Natale. Solo che, povero Direttore, ogni volta che ha un'idea si trasforma in una catastrofe.

Il Direttore è andato in ogni classe per illustrare il suo progetto.

Ci ha detto:

"Questo sarà il Natale della diversità."

Noi gli abbiamo chiesto cosa fosse la diversità.

“La diversità,” ci ha spiegato il Direttore, “è il diritto di ognuno di essere come vuole, senza che per questo gli altri gli diano fastidio.”

“E cosa c’entra con la democrazia?” ha chiesto Otto.

“La diversità esiste grazie alla libertà, e la libertà esiste grazie alla democrazia. Soltanto in democrazia è possibile la diversità. Quindi ognuno di voi potrà venire vestito da Babbo Natale così come se lo immagina.”

Il giorno della festa tutti gli scolari sono venuti mascherati da tanti Babbo Natali diversi. Ce n’erano di verdi, di azzurri e di rossi. Certi sembravano supereroi, alcuni avevano la barba e altri no. È stato davvero divertente.

Nella nostra classe ognuno aveva avuto un’idea diversa.

Io mi ero vestita da Mamma Natale. Dopotutto, perché Babbo Natale non dovrebbe essere una donna?

Otto si era mascherato da Babbo Scienziato.

Thomas da Babbo Karateka.

Artie da Babbo Dottore.

Yoshi non abbiamo capito chi fosse, ma sembrava contento.

Giovanni, invece, era elegantissimo. Ci ha detto: "Io sono Babbo Chic!"

All'inizio è andato tutto bene. Fino alla ricreazione. Nel cortile Balthazar, che si era mascherato da Babbo Natale Normale, è venuto ad attaccare briga. Se l'è presa con Yoshi:

"Da cosa ti sei travestito, muto? Non si capisce."

Yoshi ovviamente non ha risposto, e Giovanni è accorso in suo aiuto.

"Lascialo in pace," ha ordinato a Balthazar.

"E tu?" ha domandato Balthazar. "Da cosa sei travestito, con quel costume ridicolo?"

"Io sono Babbo Chic," ha risposto orgoglioso Giovanni.

"Sembri più Babbo Scemo!" ha ribattuto Balthazar.

Tutti gli alunni intorno a noi sono scoppiati a ridere e hanno iniziato a urlare: "Babbo Scemo! Babbo Scemo!" Giovanni ci è rimasto talmente male per quella presa in giro che si è messo a piangere. Allora Thomas, che non sopporta di veder piangere i suoi amici, è intervenuto con il suo costume da Babbo Karateka e ha gridato:

"Io sono Babbo Schiaffone! E distribuisco sberle ai bambini cattivi!"

E *paf*! Ha cominciato ad affibbiare ceffoni a tutti quelli che stavano sfottendo Giovanni, che si sono messi a piangere come bebè. Tranne Balthazar, che se l'è data a gambe, probabilmente perché si ricordava che l'ultima volta Thomas gli aveva fatto sanguinare il naso.

"Acchiappate Balthazar!" ha ordinato Babbo Schiaffone.

Ci siamo lanciati tutti all'inseguimento di Balthazar, che ha tagliato la corda come un coniglio fino all'estremità del cortile. Quando stavamo per piombare su di lui, ha scavalcato la staccionata e si è ritrovato nel piccolo parco adiacente. Siamo tutti saltati al di là della recinzione per riacciuffarlo, anche se sappiamo bene che è vietato uscire dai confini della scuola.

Balthazar ha attraversato il piccolo parco ed è arrivato nelle vicinanze della nostra scuola speciale, dove era ancora proibito entrare. A quel punto pensavamo di acciuffarlo, ma ha fatto il giro dell'edificio e ha raggiunto l'uscita di sicurezza. E lì, con nostra grande sorpresa, ha spinto la porta di emergenza, che si è aperta, e si è introdotto nella nostra amata scuola. Come faceva Balthazar a sapere che si poteva entrare nella scuola da quella porta, mentre noi lo ignoravamo?

Abbiamo spinto anche noi la porta e siamo saltati addosso a Balthazar, che si era rintanato proprio lì dietro.

"Ti ho preso!" ha detto Thomas Babbo Schiaffone.

Voleva dargli uno schiaffo, ma io l'ho trattenuto e ho chiesto a Balthazar:

"Come fai a sapere che la porta dell'uscita di sicurezza si apre dall'esterno? Sei stato tu ad allagare la nostra scuola?"

Balthazar non ha avuto il tempo di rispondere perché in quel momento abbiamo sentito il Direttore che gridava:

"Chi c'è lì dentro? Uscite subito, o si mette male!"

Ci siamo pietrificati. Soprattutto Balthazar, che è sbiancato in volto e ci ha supplicati:

"Non dite che sono qui, o passerò dei guai seri!"

Abbiamo avuto un attimo di esitazione e Balthazar se n'è accorto perché ha aggiunto:

"Sentite, Strambi, non sono stato io ad allagare la vostra scuola di tipi strambi, ve lo giuro... Ma quel giorno ho visto qualcosa... Se mi coprite, vi dirò quello che so..."

"Se ci stai mentendo, Babbo Schiaffone ti ritroverà," l'ha avvisato Thomas.

"Promesso!" ci ha assicurato Balthazar.

"Va bene," ho detto.

Dato che io sono un po' la capa, gli altri hanno annuito, e siamo usciti dalla porta di emergenza, lasciando Balthazar nascosto all'interno della scuola.

Il Direttore era lì davanti a noi, sembrava molto arrabbiato. Ha puntato l'indice contro Thomas:

"Ecco quindi dove ti nascondevi! Sei stato tu a prendere a schiaffi tutti i tuoi amichetti?"

È arrivata la signorina Jennings e ci hanno riportati a scuola. Balthazar è rimasto nascosto e poi è tornato nel cortile della ricreazione senza che nessuno si accorgesse di niente.

La signorina Jennings ci ha fatto una solenne ramanzina. Ha detto che era vietato lasciare il cortile della ricreazione e che era pericolosissimo andare nella scuola allagata. Non l'avevo mai vista così arrabbiata. Ha detto: "Farò chiudere con un lucchetto tutte le vie di accesso all'edificio." Mi sono chiesta se avesse davvero avuto paura per noi, o se la preoccupava che potessimo scoprire il suo segreto.

Non vedevo l'ora che Balthazar ci rivelasse quello che sapeva.

Quanto al povero Thomas, a causa delle sberle che aveva distribuito a destra e a manca, il Direttore ha convocato suo padre, che lo ha duramente sgridato e gli ha detto: “Ti avevo avvertito! Questa volta chiamo Babbo Natale: quest’anno niente regalo!” E sotto gli occhi di Thomas in lacrime, il papà karateka ha preso il cellulare e ha contattato seduta stante Babbo Natale per mettersi d’accordo con lui: suo figlio non doveva avere alcun regalo sotto l’albero.

Era troppo ingiusto.

Ma noi non avremmo piantato in asso Thomas.

13. Una testimonianza chiave

Il giorno dopo Babbo Schiaffone, Balthazar ha mantenuto la sua promessa e ci ha raccontato tutto.

La nonna di Giovanni ha detto che era un informatore. Nelle serie poliziesche ce n'è sempre uno. Un informatore è qualcuno colpevole di qualcosa che ottiene la protezione della polizia in cambio delle sue informazioni. Eravamo molto eccitati all'idea di avere un informatore.

In gran segreto, nel cortile della ricreazione, Balthazar ci ha rivelato:

"Sapevo da tempo che l'uscita di sicurezza della vostra scuola di Strambi era rotta e non si chiudeva più dall'esterno. Una volta, il Direttore mi ha sorpreso lì, dopo la fine delle lezioni. Ha convocato i miei genitori e mi ha detto che era una violazione della proprietà privata e che, se l'avessi rifatto, sarei stato espulso dalla scuola. Dopo mio padre mi ha fatto un supercazziatone."

“E che c’entra questo con l’allagamento?” ho chiesto.

“Ora ci arrivo. Un venerdì sera, mio padre si è messo a strillare con la mamma, e io sono scappato di casa. Lo faccio sempre quando i miei genitori litigano. Sono così impegnati a insultarsi che non si accorgono nemmeno che non ci sono più. Sono andato nel piccolo parco. Non nella scuola, ve lo giuro. Solo nel parco. E lì ho visto una luce nella vostra scuola, come quelle delle torce elettriche. La cosa mi ha incuriosito. Volevo avvicinarmi per vedere cosa succedeva, ma quando sono arrivato ho visto solo un’ombra che spariva nel buio.”

“Ed è stato il fine-settimana dell’allagamento?” ho detto.

“Diciamo che il lunedì mattina seguente c’erano i pompieri,” ha precisato Balthazar. “Dubito che possa essere una coincidenza.”

“E com’era quell’ombra?” ho domandato.

“Non lo so, era un’ombra, ve l’ho detto. Ma sono riuscito a vedere che saliva a bordo di un’auto. Un’auto rossa, sul paraurti della quale c’era un adesivo raffigurante un cane e un gatto che si davano la zampa. Si direbbe il logo di un negozio di animali.”

“Un negozio di animali?” ho ripetuto.

"Così mi è sembrato. Ma non ne sono totalmente sicuro. Invece, ricordo che la macchina aveva il fanalino posteriore destro rotto..."

Siamo rimasti un attimo in silenzio. Alla fine ho chiesto a Balthazar:

"Perché non l'hai detto a nessuno?"

"E a chi ne avrei dovuto parlare? Se i miei genitori avessero scoperto che me l'ero svignata alla chetichella, una lavata di capo e una punizione come si deve non me le avrebbe tolte nessuno."

Adesso avevamo una pista solida. La macchina del colpevole aveva un adesivo sul paraurti e il fanalino posteriore destro era rotto. È da lì che siamo partiti: ispezionando l'auto della signorina Jennings nel parcheggio della scuola. Non soltanto la sua macchina era blu, ma non c'era nessun adesivo sul paraurti e i fanalini posteriori erano intatti. Lo stesso anche per tutte le altre auto che si trovavano nel parcheggio. E nessuna di quelle auto era rossa. Giovanni ha suggerito che un'auto si poteva riverniciare, un adesivo si poteva staccare e un fanalino riparare. Sua nonna diceva che questa cosa si chiamava "camuffare le prove". Giovanni aveva senza dubbio ragione, ma per il momento era meglio mettere a frutto gli indizi che avevamo prima di complicarci troppo la vita.

Quella storia dell'auto rossa, dell'adesivo e del fanalino rotto sembrava scagionare la signorina Jennings, e questo mi rassicurava un po'. E poiché non riuscivamo a ritrovare l'auto, dovevamo scovare quel negozio di animali con il logo di un cane e un gatto che si davano la zampa. Giovanni ci ha fatto notare che non doveva essere per forza un negozio di animali e che forse eravamo fuori strada. Aveva ragione. Ma come ci aveva detto il poliziotto, quando si ha una pista, bisogna esplorarla fino in fondo.

Otto, che è il nostro specialista nella ricerca di informazioni, ci ha detto che in città c'erano quattro negozi di animali. Non dovevamo far altro che visitarli tutti per scoprire quale sfoggiasse nell'insegna l'immagine di un cane che dava la zampa a un gatto. Cosa ci avremmo trovato? Non ne avevamo ancora idea, ma era l'unico modo per portare avanti l'indagine.

Otto è stato molto utile in questa fase dell'indagine. Lui, che non aveva mai avuto il permesso di avere un animale in casa, da quando i genitori si erano lasciati aveva ottenuto una tartaruga e un coniglio dal padre, e dei pesci e due criceti dalla madre. E la nostra indagine era semplificata dal fatto che i due genitori si rifornivano in negozi di animali diversi, perché ognuno si rifiutava di mettere piede in quello frequentato dall'altro.

E così, andando a comprare la paglia per il coniglio con il padre e il mangime per i pesci con la madre, Otto ha potuto eliminare dalla nostra lista due negozi su quattro, perché nessuno di essi aveva un logo con l'immagine di un cane e un gatto che si davano la zampa.

Il terzo negozio è stato controllato da Giovanni, che ha accompagnato la nonna nel magazzino dove si serviva per il suo bassotto tedesco. E anche lì, l'insegna non era quella che cercavamo.

Il quarto negozio si trovava nel centro commerciale della città. Nessuno di noi aveva il permesso di uscire da solo, ma non è stato difficile convincere i nostri genitori a portarci. Soprattutto i papà. Poiché si stava avvicinando il Natale, abbiamo detto a ognuno dei nostri papà che volevamo andare al centro commerciale per trovare un regalo per la mamma. E poiché i papà in genere sono delle frane a fare i regali alle mamme, hanno pensato tutti che fosse un'ottima idea, e il sabato mattina seguente ci siamo ritrovati al centro commerciale. Anche Otto, a cui il padre ha detto: "Tua madre può andare a comprarsi i regali da sola! Però bisogna trovare qualcosa per la mia nuova fidanzata."

Nel centro commerciale c'è un bar vicino a una piccola fontana. Io e i miei compagni ci eravamo dati appuntamento lì. E quando i papà hanno visto tutti gli altri papà e il bar sono caduti nella nostra trappola: si sono seduti, hanno ordinato dei caffettini (si direbbe che sia una mania) e hanno detto: "Intanto cominciate a vedere se trovate qualcosa per la mamma."

Ci siamo avviati nei corridoi del centro commerciale. Eravamo tutti felici, tranne Thomas, che era triste perché arrivando al centro commerciale suo padre gli aveva detto: "Vada per il regalo a tua madre. Ma tu non avrai nulla, lo sai! Ho già avvisato Babbo Natale."

Il centro commerciale è grande e abbiamo avuto difficoltà a trovare il negozio di animali. Per fortuna ci siamo imbattuti in un addetto alla sicurezza molto gentile che ci ha accompagnato. Lo abbiamo seguito in fila indiana e, dopo un negozio di stoviglie, girato l'angolo ci ha detto: "Eccolo qua." E poi se n'è andato.

Abbiamo fissato sbalorditi la vetrina del negozio, su cui spiccava il logo di un cane che dava la zampa a un gatto.

"Ci siamo..." ho mormorato. "È il negozio che cerchiamo..."

All'improvviso abbiamo avuto tutti un po' di paura. Non ce lo siamo detti, ma ce n'eravamo accorti.

"Cosa facciamo adesso?" ha chiesto Giovanni.

"Dobbiamo entrare," ho risposto.

"E se ci imbattiamo nel colpevole?" ha osservato Otto. "Forse ci riconoscerà e se la prenderà con noi."

"Io non ci vado," si è tirato indietro Thomas.

"Nemmeno io," ha detto Otto.

"Io non entro nei negozi di animali," ha aggiunto Artie. "Non ho nessuna voglia di prendermi la brucellosi, la leptospirosi, la toxoplasmosi o la linforeticulosi!"

Yoshi invece mi ha fatto un cenno con la testa per farmi capire che sarebbe entrato.

"Andiamo!" gli ho detto.

Ci siamo diretti con passo deciso verso l'entrata del negozio. Io però avevo comunque una gran fifa.

All'interno, un corridoio con file di gabbie che ospitavano criceti, gerbilli e coniglietti nani conduceva fino a un bancone. Io e Yoshi abbiamo finto di guardare gli animali. Il negozio era deserto e silenzioso. Dava un po' i brividi.

Ci siamo avvicinati al bancone. Non c'era nessuno. All'improvviso alle nostre spalle è risuonata una voce di donna:

"Cosa cercate?"

Io e Yoshi abbiamo sussultato. Ci siamo girati e abbiamo visto una signora enorme che ci guardava con occhi diffidenti.

"Cosa cercate?" ha sbraitato di nuovo.

Poiché Yoshi non parla, è toccato a me rispondere:

"Stiamo solo guardando, signora."

"Guardando cosa?" ha chiesto con quel suo tono orrendo.

"Guardiamo gli animali."

"Guardate per *guardare*, o guardate per *comprare*?"

Non sapevo cosa rispondere. Ero molto spaventata e avevo soprattutto voglia di scappare. La signora ha risposto per me:

"Voi bambini venite qui a godervi lo spettacolo. Volete vedere i criceti e le lucertole, ma non comprate mai niente. Be', dovrei farvi pagare il biglietto d'ingresso!"

Mi sono sforzata di mantenere la calma. Alla fine le ho detto:

"È per comprare. Mio padre mi ha chiesto di guardare e dopo verrà lui."

La signora spaventosa ha fatto un sorrisetto cattivo. Ha afferrato quello che somigliava a un grosso biglietto da visita del negozio e mi ha detto:

"Dài questo a tuo padre e torna con lui. Non mi piace che dei bambini vengano a ficcare il naso da soli nel mio negozio."

Ho preso il biglietto e siamo usciti.

Una volta fuori, gli amici mi hanno fatto un sacco di domande.

"Stai bene, Joséphine? Hai una faccia stranissima. Cosa hai visto lì dentro?"

"Una signora orribile e malvagia che sembra detestare i bambini."

Ho mostrato il grosso biglietto da visita e, in quel momento, mi sono accorta che era un adesivo raffigurante l'insegna del negozio.

"Pensi che sia stata lei ad allagare la scuola?" ha chiesto Thomas.

"Non saprei..."

Prima di trarre conclusioni affrettate bisognava mostrare quel biglietto a Balthazar per assicurarci che l'immagine corrispondesse a quella che aveva visto sul paraurti dell'auto sospetta.

Lì avevamo finito. Allora ci siamo diretti al bar dove ci aspettavano i papà. Non avevamo guardato i regali per le mamme, ma pazienza. Eravamo troppo preoccupati dalla signora cattiva del negozio di animali.

Non sapevamo più da che parte andare per tornare dai nostri papà e alla fine ci siamo persi nel centro commerciale.

Ed è stato così che lo abbiamo incontrato.

Per puro caso.

Era proprio lì, davanti a noi, in mezzo a un corridoio centrale.

Siamo rimasti di stucco.

Non credevamo ai nostri occhi.

14. Abbiamo beccato Babbo Natale!

Babbo Natale! Era lì, spaparanzato come un grassone su un'enorme poltrona rossa, con un'orda di bambini ammucchiati dietro a una corda, come sardine in scatola, per farsi fotografare con lui.

Ma che faccia tosta! Non aveva qualcosa di meglio da fare che starsene lì a pavoneggiarsi quando mancavano poche settimane al Natale?

In una situazione diversa, saremmo stati contenti di incontrare Babbo Natale, ma ora eravamo molto arrabbiati con lui a causa di Thomas. Privare un bambino di un regalo era una cosa veramente crudele!

Lo abbiamo guardato prendere in braccio i bambini e sorridere. Otto ci ha spiegato che in fondo Babbo Natale era un narcisista perverso. Era una parola che aveva imparato da sua madre: era così che lei chiamava suo padre dopo il divorzio. Significava gentile fuori e cattivo dentro.

Ho pensato che fosse molto astuto da parte di Babbo Natale vestirsi di rosso quando in realtà era un Uomo Nero. Ma se quel tanghero credeva di ingannare la gente, non avrebbe certo imbrogliato noi. E visto che era proprio lì davanti, abbiamo deciso di andare a beccarlo e convincerlo a tornare sulla sua ingiusta decisione di privare Thomas del regalo.

Abbiamo atteso un po', in agguato. Nonostante ci fosse ancora una fila di bambini che aspettavano pazientemente il loro turno, Babbo Natale all'improvviso si è alzato decretando che era il momento di una pausa. Che pigrone!

Ha fatto qualche passo ed è scomparso dietro a una porta su cui c'era scritto: RISERVATO AI DIPENDENTI. Ma non si vergognava? Pensava forse di essere a casa sua?

Ci siamo avvicinati con discrezione alla porta e... *zac!*, ci siamo intrufolati pure noi all'interno, senza che nessuno ci vedesse. La porta dava su una stanza grande e ingombra di roba. Babbo Natale era in un angolo, seduto su una misera sedia di plastica, e stava bevendo un po' d'acqua. Gli siamo subito piombati addosso.

"Babbo Natale, devi dare a Thomas il suo regalo!" ho urlato.

Babbo Natale ha fatto un salto sulla sedia. Credo che gli sia venuta una fifa nera. Ci ha guardati con gli occhi sgranati:

"Ma di cosa parlate, bambini?"

Gli ho detto:

"Sappiamo che il padre di Thomas ti ha convinto a non portargli un regalo a Natale. Ma non è giusto! Se Thomas ha dato una sberla a Balthazar, lo ha fatto per difendere Giovanni, che avevano chiamato Babbo Scemo! A te farebbe piacere se ti chiamassero 'Babbo Scemo'?"

"No," ha ammesso Babbo Natale.

"Allora porta a Thomas il suo regalo la mattina di Natale!"

"Impossibile," si è dispiaciuto Babbo Natale.

All'inizio, abbiamo pensato che avesse paura del padre di Thomas, che è un insegnante di karatè. Ma poi Babbo Natale ci ha confessato:

"Io non posso fare niente, perché non sono il vero Babbo Natale..."

Siamo caduti dalle nuvole. Babbo Natale subappaltava il lavoro! Che indecenza! E che fannullone! Già sgobbava solo un giorno all'anno, e in più si faceva sostituire al centro commerciale!"

Ho detto al finto Babbo Natale:

“Devi parlare con il vero Babbo Natale.”

“Impossibile.”

“Perché?”

“Perché non lo conosco.”

“Ah no?” ho detto. “E chi ti ha assunto, allora?”

“Il direttore del centro commerciale.”

“Allora dobbiamo parlare con il direttore del centro commerciale,” ha concluso Otto.

“Credo che nemmeno lui potrà fare qualcosa,” ha detto dispiaciuto il finto Babbo Natale.

“I direttori non servono proprio a niente,” si è irritato Thomas.

“Ben detto,” ha approvato il finto Babbo Natale.

Ho deciso di prendere in mano la situazione:

“Senti, finto Babbo Natale, tu devi assolutamente aiutarci. Se non facciamo niente, Thomas non avrà un regalo! Sarebbe un’ingiustizia troppo grande!”

“Bambini, sono davvero dispiaciuto, ma non so come aiutarvi. Io faccio solo il Babbo Natale al centro commerciale nei fine-settimana prima di Natale per guadagnare un po’ di soldi.”

“Non hai un lavoro?”

“Sì,” ha risposto il finto Babbo Natale. “Sono un drammaturgo.”

Abbiamo tutti tremato. “Drammaturgo...” Era una parola che faceva una gran paura.

“‘Drammaturgo’ significa che scrivo testi per il teatro,” ha spiegato il finto Babbo Natale.

Ah, meno male! Ci siamo sentiti rassicurati. Poi il finto Babbo Natale ha aggiunto:

“Ma i miei testi più recenti non hanno avuto alcun successo. La mia ultima opera nessuno vuole nemmeno metterla in scena.”

“Vuol dire che non vali molto,” gli ha fatto notare Giovanni.

“È sicuramente così,” ha ammesso il finto Babbo Natale.

Ci ha fatto un po’ pena quel finto Babbo Natale. E all’improvviso ci è venuta un’idea geniale: proporre alla signorina Jennings di mettere in scena il testo del finto Babbo Natale come recita di fine anno a scuola! Facendo una buona azione per quel finto Babbo Natale, il vero Babbo Natale sarebbe stato contento e, in cambio, sarebbe di sicuro tornato sulla sua decisione di privare Thomas del regalo.

Il nostro piano sembrava perfetto.

15. Il testo teatrale

Il lunedì seguente, a scuola, ci siamo precipitati dal nostro informatore Balthazar per mostrargli l'adesivo del negozio di animali che mi aveva dato la signora cattiva. Appena ha visto l'immagine del cane che dava la zampa al gatto, ha esclamato: "È l'adesivo che ho visto sul paraurti di quella macchina!"

La nostra indagine procedeva a grandi passi.

Grazie alle rivelazioni di Balthazar, adesso sapevamo che la persona che aveva causato l'allagamento aveva agito il venerdì sera.

Sapevamo anche che non aveva avuto bisogno della chiave della scuola speciale per entrare nell'edificio, e neppure di commettere un'effrazione, come aveva constatato il poliziotto, perché probabilmente era passato dall'uscita di sicurezza.

Inoltre sapevamo che questa persona guidava un'auto rossa con il fanalino posteriore destro rotto e un adesivo sul paraurti. E l'adesivo ci portava a un negozio di animali dove c'era una signora cattiva a cui non piacevano i bambini.

Era lei la nostra colpevole?

Colui che aveva provocato l'allagamento, quindi, poteva essere una colei.

Giovanni però ci ha fatto notare che forse la signora cattiva non c'entrava nulla. Dato che distribuiva in giro i suoi adesivi, chiunque poteva averne uno sulla macchina: un dipendente del negozio, un cliente, o persino un individuo che aveva messo l'adesivo apposta per indurci in errore. Nelle serie TV poliziesche di sua nonna, ha detto Giovanni, questa cosa si chiama una "pista falsa". Adesso dovevamo separare le piste false da quelle vere.

La signorina Jennings ha pensato che mettere in scena il testo teatrale del finto Babbo Natale fosse un'idea eccellente: ha detto che questo avrebbe permesso a un autore della nostra città di farsi conoscere. Ne ha parlato al Direttore, che l'ha trovata anche lui un'ottima idea (il che non è sempre una garanzia di qualità).

"Miei piccoli birbanti," si è congratulato con noi, "avete proposto un'iniziativa eccellente. D'ora in poi approfitteremo delle recite scolastiche per promuovere i talenti locali!"

"Ma alla riunione dei genitori ha detto che avrebbe fatto il solito spettacolo di Natale," ho fatto notare al Direttore.

"Hai ragione, tesoro. Ma bisogna saper tornare sulle proprie decisioni, soprattutto quando sono state prese con troppa fretta."

Io veramente mi ricordavo che aveva preso quella decisione da solo, non con Troppa Fretta. Però non ho detto niente. Bisogna saper tenere un profilo basso.

Era ovvio che la signorina Jennings e il Direttore avevano bevuto un caffettino insieme, perché avevano già un programma completo per lo spettacolo.

Con il Natale ormai alle porte, non ci sarebbe stato il tempo di mettere in scena l'intera opera, ma la signorina Jennings, che si era procurata il testo alla biblioteca comunale, ne aveva scelto un pezzetto per ogni classe che avrebbe interpretato una breve scena.

Il Direttore ha detto che si chiamava "frammento". Un frammento era meglio di niente. Ed era comunque una buona azione, la cosa che contava era questa: così il vero Babbo Natale avrebbe portato a Thomas il suo regalo.

Quanto alla nostra indagine, il sabato successivo avrebbe conosciuto una svolta importante.

16. Il Christmas Party

Tutti gli anni, in prossimità del Natale, i genitori di Giovanni organizzano una grande festa nella loro casa.

È una festa sensazionale, dove ci sono camerieri e cuochi con il cappello in testa che si danno da fare dietro a vari buffet, sui quali troneggiano pesci interi, tacchini, astici sopra sculture di ghiaccio e torte meravigliose. Assomiglia a una festa di Natale, solo che i genitori di Giovanni la chiamano "Christmas Party". Mamma dice che è più chic.

C'è sempre tanta gente a quella festa. Ci sono persino il sindaco e un sacco di persone molto importanti. E poi ci siamo noi: io e i miei amici, che siamo invitati insieme ai nostri genitori.

In quell'occasione, tutti i genitori si vestono superleganti. Penso che siano molto impressionati, perché fanno tutti "Oh!" e "Ah!", e se ne stanno insieme in disparte, buoni buoni, a chiacchierare. Posso assicurarvi che al Christmas Party tutti si comportano bene, non come alle riunioni dei genitori degli alunni. Nemmeno i genitori di Otto litigano.

Mentre andavamo in macchina da Giovanni, ero elettrizzata. Io e i miei amici adoriamo quella festa perché nessuno bada ai bambini e possiamo rimpinzarci di biscotti e pan di spezie, e ingurgitare tutto lo zabaione che vogliamo.

Mamma aveva messo i gioielli che non si mette mai e papà era splendido con il completo. Quando siamo arrivati davanti alla casa di Giovanni, c'erano un mucchio di macchine che a me sembravano solo macchine, ma dovevano avere qualcosa di più perché papà, che non guarda mai le macchine, ha detto: "Guarda che macchine!" E poi ha aggiunto: "Meno male che ho portato la mia all'autolavaggio."

C'era un parcheggiatore che ci aspettava. Papà gli ha lasciato l'auto. L'esterno della casa era sontuosamente addobbato. Gli alberi del vialetto scintillavano di mille luci e decine di candele disegnavano un sentiero fino alla grande porta d'ingresso. Siamo rimasti incantati.

"*Wow!*" ho esclamato.

Anche mamma ha detto: "*Wow!*"

Papà ha detto: "Tutto questo grazie alla carta da culo!"

Mamma gli ha fatto "*Ssh*!"

Dentro casa, la festa era animatissima. Una baraonda di musica e conversazioni. C'era già gente dappertutto, e in mezzo alle persone circolavano camerieri con grandi vassoi. Una signora gentile ci ha preso i cappotti, e abbiamo raggiunto gli altri invitati. Come ogni anno, i genitori si sono messi per conto loro e io ho ritrovato i miei amici.

Siamo subito corsi a razziare i buffet. Sembrava tutto squisito. Ci stavamo riempiendo i piatti quando abbiamo scoperto che c'era anche il Direttore. Era da solo: mangiava un astice imbrattando di maionese la cravatta. A quanto pare, non aveva voglia di unirsi ai nostri genitori e si è messo a trotterellare dietro di noi. "Cucù, miei piccoli birbanti," ci ha detto. "Avete visto la signorina Jennings?"

Gli abbiamo risposto che la signorina Jennings non veniva mai al Christmas Party, e ci è sembrato molto deluso. Allora ci ha chiesto: "Sapete che regalo le farebbe piacere ricevere a Natale?"

Non ne avevamo proprio idea, e soprattutto non ce ne importava un fico secco. Puntavamo al buffet dei dolci e non avevamo nessuna voglia di fare conversazione con un adulto. Al Christmas Party gli adulti stavano con gli adulti e i bambini con i bambini. Se il Direttore non voleva rimanere con i nostri genitori e la signorina Jennings non c'era, bastava che si cercasse altri amici.

È stato Giovanni a trovare una scappatoia: ha detto al Direttore che dovevamo portare dei dolci a sua nonna e che non era educato far aspettare una signora anziana. Dopodiché ci siamo buttati sul buffet dei dolci, abbiamo ammucchiato nei piatti più fette di torta e dolciumi che potevamo e ce la siamo data a gambe, sgusciando tra i camerieri per seminare il Direttore.

Abbiamo seguito Giovanni fino al salotto della nonna. Era seduta in poltrona come al solito, incollata al televisore, e stava fumando una sigaretta. Non sembrava per niente interessata al Christmas Party.

"I miei ospiti preferiti!" Ci ha accolto con un sorriso.

"Abbiamo pensato che magari avevi fame," le ha detto Giovanni.

Le abbiamo offerto i nostri piatti. Lei li ha passati in rassegna con uno sguardo circospetto, poi ha assunto un'espressione carica di disprezzo:

“No, grazie, miei cari. Ma voi siete i soli a preoccuparvi per me.”

Le ho domandato:

“Non vuole venire alla festa?”

“Sai, tesoro, sono troppo vecchia per queste idiozie. E poi, non voglio perdermi la mia telenovela.”

Dev’essere bellissimo essere vecchi: si può guardare la TV tutto il giorno.

La nonna si è accesa un’altra sigaretta. Ha sbuffato un’enorme nuvola di fumo che ci ha fatti tossire, poi ci ha chiesto:

“La vostra indagine ha fatto progressi?”

“Abbiamo un nuovo indiziato,” ho detto.

“Non è più la maestra della scuola?”

“No.”

Le ho raccontato nei dettagli come eravamo risaliti alla signora cattiva del negozio di animali, che era diventata il nostro nuovo sospettato numero uno.

Poi Giovanni ha espresso i suoi dubbi sulla colpevolezza della signora cattiva. “Distribuisce adesivi del suo negozio a tutti. Chiunque potrebbe avere quell’adesivo sull’auto.” Ha aggiunto che anche nelle serie c’è sempre un cattivo che sembra essere il colpevole, ma in realtà non lo è.

La nonna è rimasta molto colpita dalle nostre scoperte. Ci ha spiegato che in un'indagine, in un primo momento ci sono elementi convergenti che indicano diversi possibili colpevoli, e poi prove inconfutabili che permettono di fare una selezione e, alla fine, di smascherare il vero colpevole.

Effettivamente, all'inizio erano tutti possibili colpevoli: la signorina Jennings, il custode, il capo dei pompieri, il proprietario dell'edificio (che in realtà era il Comune). E a mano a mano che venivano alla luce nuovi indizi, quei colpevoli non erano più colpevoli. Il custode aveva un alibi; il Comune non aveva un movente valido (anzi, di più, non aveva nessun interesse ad allagare la scuola); il capo dei pompieri era troppo incapace; e la macchina della signorina Jennings non era rossa, e non aveva né un fanalino rotto né un adesivo sul paraurti.

Adesso rimaneva soltanto la signora cattiva del negozio di animali. Per smascherarla, ci mancava una prova inconfutabile. E per trovarla, la nonna aveva un'idea.

"La signora cattiva del negozio guida un'auto rossa con il fanalino posteriore destro rotto e un adesivo sul paraurti?" ha chiesto.

"Non lo sappiamo," ho detto.

"C'è un modo molto semplice per scoprirlo," ha spiegato la nonna.

"Quale?"

"Faremo un pedinamento!"

Non c'era dubbio: la nonna conosceva alla perfezione il gergo investigativo. Ci ha spiegato che il pedinamento è quando si segue qualcuno.

"Il centro commerciale chiude fra poco. Abbiamo giusto il tempo di arrivare laggiù. Seguiremo la vostra signora cattiva dal suo negozio al parcheggio e vedremo com'è la sua macchina."

"Forse prende l'autobus," ha suggerito Otto.

"Il nostro pedinamento ce lo rivelerà," ha stabilito la nonna. "Forza, andiamo!"

"Come ci andiamo?" ha chiesto Thomas.

"In macchina," ha risposto la nonna. "Incontriamoci fuori, avviso lo chauffeur di tenerla in caldo per noi."

Giovanni ci ha detto che sua nonna aveva uno chauffeur che la accompagnava dappertutto. Con il freddo che faceva, doveva essere comodo avere uno che manteneva un bel calduccio per te. Mi sono domandata se d'estate la nonna avesse anche qualcuno che la rinfrescava.

Ovviamente non potevamo chiedere ai nostri genitori il permesso di fare un pedinamento perché avrebbero detto di no. Allora abbiamo raggiunto quatti quatti l'ingresso principale per recuperare i cappotti e, come sempre al Christmas Party, nessuno ha badato a noi. I genitori erano immersi in grandi *blablabla* e si davano arie da persone importanti. Poi, prima che potessimo raggiungere il guardaroba, ci siamo sentiti chiamare:

"Cucù, birbanti!"

Era quel maledetto Direttore che ci aveva scovati.

Stava addentando degli spiedini di pollo e la salsa gli colava sulla cravatta. Il Direttore non doveva avere un'innamorata, per mangiare così come un porcello.

"Tutto bene?" ci ha domandato.

Era chiaro che si stava annoiando, ma noi non ci annoiavamo affatto! Dovevamo sbarazzarci di lui. Abbiamo detto che ci scappava la cacca e siamo filati via nella direzione opposta. E pazienza per i cappotti.

Giovanni ci ha fatto passare da una porta sul retro e ci siamo ritrovati fuori. Faceva un freddo glaciale. Artie si è messo a piangere perché con un tempo del genere si sarebbe ammalato senza cappotto, ma gli ho detto di non stare in pensiero perché la nonna gli avrebbe sicuramente prestato il suo chauffeur.

Giovanni ci ha fatto strada fino al grande cortile dove si trovavano le auto e ne ha indicata una dicendo che era quella della nonna. Era una delle belle macchine che avevano fatto dire a papà: "Guarda che macchine!" Ci siamo precipitati tutti a bordo e ci siamo stretti sul sedile posteriore. La nonna si era già sistemata davanti, sul sedile del passeggero. E al volante c'era un signore, che doveva essere anche lo chauffeur perché in macchina faceva già un bel calduccio, nonostante il vento freddo che soffiava fuori.

Siamo partiti alla volta del centro commerciale. La nonna ha continuato a fumare e l'autista-chauffeur le ha fatto notare che forse avrebbe dovuto astenersi dal fumare con dei bambini in macchina. La nonna gli ha risposto che nelle serie, durante i pedinamenti, gli investigatori stanno seduti in auto fumando sigarette, bevendo caffè e mangiando patatine fritte. Quindi ci siamo fermati a una stazione di servizio e abbiamo comprato patatine per tutti e del caffè per la nonna. È stato davvero eccitante.

Quando siamo arrivati al centro commerciale, era quasi l'ora di chiusura. La nonna ha detto all'autista-chauffeur di rimanere in macchina. Probabilmente perché il centro commerciale era ben riscaldato. Poi siamo corsi dentro, seguendo la nonna in fila indiana.

La nonna sembrava una vera esperta di pedinamenti. Ha consultato una grande piantina sul muro e ha trovato il negozio di animali senza bisogno di informarsi con l'addetto alla sicurezza. La maggior parte dei clienti se n'era già andata, era quasi deserto.

Ci siamo seduti su una panchina dalla quale si poteva vedere il negozio. La nonna ci ha detto di comportarci come se fossimo lì per caso. E subito dopo ha preso un giornale dalla borsa e ha fatto finta di leggere.

All'improvviso abbiamo visto la signora cattiva uscire dal negozio. Ha chiuso la porta a doppia mandata e si è allontanata.

"Seguiamola con discrezione," ha detto la nonna.

Siamo andati tutti dietro alla nonna che seguiva la signora cattiva. Abbiamo camminato, imboccato tre scale mobili differenti e ci siamo ritrovati nel parcheggio. La signora cattiva non si è accorta che la stavamo pedinando. Ha superato diverse file di auto, e poi di colpo si è fermata davanti a una macchina: una macchina rossa, con il fanalino posteriore destro rotto e l'adesivo del suo negozio sul paraurti. Ha aperto la portiera ed è salita a bordo.

Abbiamo tutti gridato: “È quella macchina! È quella macchina!”

La nonna ci ha fatto segno di stare zitti per non farci scoprire. Giovanni ha chiesto:

“Cosa facciamo adesso?”

“Continuiamo a seguirla!” ha decretato la nonna.

Ci siamo affrettati a raggiungere la sua macchina, che per fortuna non era parcheggiata molto lontano. Siamo saliti rapidamente a bordo e la nonna ha detto all’autista-chauffeur:

“Segua quella macchina!”

Ha puntato il dito contro l’auto della signora cattiva che si stava dirigendo verso l’uscita del parcheggio, e l’autista-chauffeur ha subito dato un colpo di acceleratore per non perderla di vista.

La nonna ha lanciato un grido di eccitazione. Ha detto che sembrava proprio di essere in un film. Era così contenta che ha esclamato:

“Orca madosca! Questo è il giorno più bello della mia vita!”

Una parolaccia così non l’avevo mai sentita. Ho chiesto immediatamente alla nonna se poteva darmi la sua parolaccia per inserirla nel mio libro delle parolacce. Mi ha detto che non c’erano problemi e sono stata ultrafelice.

L'auto della signora cattiva ha svoltato sulla strada principale, e anche la nostra macchina. La nonna continuava a ripetere al suo autista-chauffeur:

"Mi raccomando, non si faccia seminare!"

Ma non c'erano molti rischi di farci seminare perché le stavamo davvero appiccicati dietro.

La nonna si è accesa un'altra sigaretta, ha mangiato delle patatine e bevuto qualche sorso di caffè. Il suo bicchiere di caffè era enorme e ha detto più volte: "Con questo, posso resistere tutta la notte." Noi però speravamo che non andasse avanti tutta la notte, perché altrimenti i nostri genitori si sarebbero preoccupati.

In realtà, il pedinamento non è durato molto. Dopo un breve tragitto, la macchina della signora cattiva ha raggiunto un quartiere residenziale. La signora ha parcheggiato davanti a una bella casetta ed è entrata.

Siamo rimasti lì per un po'. Abbiamo visto le luci accendersi in varie stanze, poi la signora cattiva si è data da fare in cucina. Era lì che viveva la colpevole dell'allagamento.

Avevamo messo le mani su di lei. Finalmente.

Ci siamo chiesti cosa dovessimo fare a quel punto. Bussare alla sua porta e dirle che sapevamo tutto?

La nonna ha detto che non bisognava essere precipitosi. La signora cattiva poteva sempre dire che Balthazar si era inventato tutto. Dovevamo ancora trovare un modo per smascherarla agli occhi di tutti.

"Ci manca ancora un movente," ha ricordato la nonna. "È l'ultima tessera del puzzle che dobbiamo trovare. Quella donna deve per forza avere un legame con la scuola per sapere che era possibile accedere all'interno dell'edificio dall'uscita di sicurezza. Se troviamo questo legame, troveremo il movente..."

"Ma come lo troviamo, questo legame?" ha chiesto Giovanni.

"Pazienza, bambini. Pazienza," ci ha detto la nonna.

Alla fine siamo ripartiti. Era ora di rientrare prima che i nostri genitori sospettassero qualcosa.

17. Il comitato di censura

Si è verificato un grosso problema con il testo teatrale del finto Babbo Natale. A quanto pare, conteneva una specie di parolaccia. Sono stati alcuni genitori a lamentarsi. Speravo con tutta me stessa che la parolaccia non fosse "orca madosca", perché quella era la mia parolaccia. Già mi ero fatta rubare carta da culo, sarebbe stato il colmo se mi fossi fatta soffiare anche questa.

In men che non si dica, la storia della parolaccia ha provocato un gran subbuglio e i genitori hanno preteso di fare una nuova riunione con il Direttore, questa volta senza i bambini. Ma i nostri genitori ci hanno raccontato che alcuni degli altri genitori avevano gridato come matti perché ritenevano che quell'opera fosse inappropriata per i bambini a causa della parolaccia.

La signorina Jennings ha spiegato che la recita scolastica consisteva solo in un brano del testo, e la scena che conteneva la parolaccia, comunque, non era stata selezionata. Ma ai genitori non è bastato, hanno preteso che la rappresentazione fosse annullata per intero.

"Col pretesto di una parola che non si trova nemmeno nel brano su cui stiamo lavorando con gli alunni?" si è irritata la signorina Jennings.

"Non possiamo tollerare un testo che contiene delle oscenità," hanno ribattuto alcuni genitori.

"Ma andiamo, non è affatto un'oscenità!" si è infuriata la signorina Jennings. "E tutti i bambini delle varie classi hanno già lavorato sodo sulle loro scene!"

Ma i genitori non hanno voluto sentire ragioni.

A quanto pare, la signorina Jennings ha urlato, il Direttore anche, i genitori pure, e poiché i genitori urlano sempre più forte degli altri, il Direttore ha ceduto e ha decretato che avrebbe annullato la rappresentazione e che al posto del testo del finto Babbo Natale i bambini avrebbero messo in scena uno spettacolo libero a loro scelta. La signorina Jennings ha detto al Direttore che non era coraggioso e se n'è andata senza salutare nessuno, cosa che non è proprio da lei. Pare che il Direttore abbia fatto una faccia da allocco ma, soprattutto, tristissima.

Il giorno dopo quella riunione, la signorina Jennings era ancora molto arrabbiata con i genitori. Il Direttore, al quale evidentemente non fa piacere che la signorina Jennings sia arrabbiata, si è trattenuto a lungo nella nostra classe. Gli abbiamo chiesto perché i genitori erano contrari al nostro spettacolo.

"Perché nel testo c'è una parola che a loro non piace," ci ha spiegato il Direttore.

"È una parolaccia?" si è informato Thomas.

"Non proprio. Ma i genitori pensano che lo sia..."

"La democrazia vieta le parolacce?" ha chiesto Giovanni.

"No," ha detto il Direttore.

Al che abbiamo pensato che la democrazia fosse davvero fantastica.

"Quindi possiamo dire le parolacce?" si è rallegrato Artie.

"La legge non lo proibisce," ha risposto il Direttore, "ma la buona creanza sì. Sarebbe da veri maleducati dire delle parolacce. Si chiama essere 'sboccati'."

"Sboccati, ma non antidemocratici," ha concluso Otto.

"In effetti," ha riconosciuto il Direttore. "Uno può essere contemporaneamente un grande scostumato e un grande democratico."

“Ma la democrazia vieta certe parole?” ho chiesto.

“Non abbiamo il diritto di dire cattiverie sul conto degli altri,” ha detto il Direttore. “Questo, la legge lo proibisce tassativamente.”

“La mamma dice un sacco di cattiverie sul conto di papà,” ha fatto notare Otto. “È illegale?”

“In ambito privato, no.”

“Che cosa significa ‘ambito privato’?” si è informato Giovanni.

“Significa: solo tra due persone,” ha precisato il Direttore.

Non abbiamo capito bene, e il Direttore ci ha spiegato meglio:

“Se siete solo in due in una stanza, potete dire delle cattiverie sul conto di una terza persona. Non è molto carino, ma non è vietato.”

“E se siamo da soli, possiamo pensare delle cattiverie sul conto degli altri?” ha chiesto Thomas.

“Sì, potete pensare quello che volete. Si chiama ‘libertà di pensiero’. Ma se cominciate a profferire delle cattiverie sul conto di qualcuno in pubblico, e cioè davanti a tutti, be’… in quel caso è vietato.”

Abbiamo reclamato un esempio per essere certi di aver capito bene, e il Direttore ha ripreso quello della votazione tra la pizza e il broccolo:

"Se per farsi eleggere la pizza afferma davanti ai suoi elettori che il broccolo è un perfido cattivone che avvelena tutti i bambini piccoli, ecco, in quel caso il broccolo potrebbe ricorrere alla legge."

"Perché?"

"Perché è una menzogna che arreca danno alla personalità del broccolo."

"Ma è soltanto un broccolo," ha fatto notare Giovanni.

"In una democrazia tutti i cittadini sono uguali e tutti sono protetti in egual modo. Nessuno ha più diritti o più importanza di qualcun altro."

"E se la pizza non prende di mira quel broccolo in particolare ma i broccoli in generale, è meno grave?" ha domandato Thomas.

"Oh no, è ancora peggio!" ha detto il Direttore. "Perché la pizza incita all'odio verso tutti i broccoli, e anche questo è vietato dalla legge."

"E quindi un testo di teatro potrebbe essere vietato in una democrazia?" ha chiesto Otto.

"Sì. Per esempio, se la pizza scrive un testo dove si racconta che tutti i broccoli avvelenano i bambini, allora quel testo potrebbe essere vietato. Quando si limita la libertà di espressione, si parla di 'censura'. Ma attenzione, in una democrazia, quando si limita un diritto, ci deve essere una buona ragione per farlo."

"In questo caso, però, sarebbe soprattutto nell'interesse dei broccoli," ha fatto notare Giovanni.

"Non soltanto," ha risposto il Direttore. "Proteggendo una minoranza, la censura protegge la maggioranza. Mi spiego: anche se i broccoli sono solo una verdura tra tante, è nell'interesse pubblico proteggere i broccoli, perché se lasciamo che vengano attaccati, significa che dopo le insalate, le melanzane e tutte le altre verdure potrebbero essere a loro volta minacciate. In una democrazia, quando si proteggono gli altri, si protegge anche se stessi."

Dentro di noi abbiamo pensato che non era sempre così semplice, la democrazia. Ma non abbiamo osato dirlo al Direttore per paura che riattaccasse con tutte quelle spiegazioni.

Il Direttore ha continuato:

"Se siete delle zucchine o delle melanzane, prestate attenzione ai broccoli, anche se pensate che non abbiano niente a che vedere con voi. Perché dopo i broccoli, forse, toccherà a voi. Si chiama 'la teoria del canarino nella miniera'."

"Il canarino, *l'uccello*?" ho chiesto.

"Sì," ha risposto il Direttore.

"Io volevo un canarino, ma nessuno dei miei genitori ha voluto regalarmelo," ha detto Otto. "Allora ho preso una tartaruga."

"In passato," ha spiegato il Direttore, "nelle miniere si usava tenere una gabbia con un canarino. Se si sprigionavano dei gas pericolosi, le cui prime esalazioni non erano abbastanza forti da provocare effetti sui minatori, risultavano letali per il canarino che era molto più piccolo. Per i minatori era un segnale d'allarme, li avvertiva che c'era un pericolo imminente e che se non avessero sloggiato in fretta sarebbero stati i prossimi a morire."

"Cosa c'entra questo con la democrazia?" ha chiesto Thomas.

"Anche nella nostra società ci sono dei canarini. Persone che a volte ci sembrano così lontane da credere che non abbiano alcun rapporto con noi. Ma se quei canarini vengono colpiti, allora noi saremo i prossimi a dover affrontare quel destino."

"In fondo, non siamo così diversi," ho detto.

Il Direttore ha annuito. Poi Otto ha posto la domanda che ci stavamo facendo tutti:

"Ma allora che genere di cattiveria c'era nel testo teatrale del finto Babbo Natale per far sì che i genitori lo vietassero?"

"Ehm," ha risposto il Direttore con un'aria imbarazzata. "È qui che le cose si complicano... In realtà, non era veramente una cattiveria... È una parola che dava fastidio ad alcuni genitori..."

Quando ho sentito questo, mi sono incavolata nera e ho cominciato a gridare. (Non si dovrebbe gridare, lo so, ma ero veramente incavolata.)

"*Una parola che dava fastidio ad alcuni genitori?!* Ha annullato il nostro spettacolo solo per una parola che dava fastidio ad alcuni genitori? Ma è un'ingiustizia terribile! Abbiamo lavorato duro per mettere in scena lo spettacolo! E non è giusto anche verso il finto Babbo Natale, che aveva la possibilità di farsi conoscere! E poi, quello spettacolo ci serviva per far contento il vero Babbo Natale e adesso, per colpa sua, Thomas non avrà nessun regalo sotto l'albero!"

"Mi dispiace," ha detto il Direttore sconfortato. "Mi sono ritrovato tra l'incudine e il martello."

Ho pensato che, in fondo, doveva essere difficile essere il capo. Thomas invece ha detto:

"I capi non servono veramente a niente."

"È proprio vero," ha riconosciuto il Direttore.

"Quindi," ho continuato io, "se abbiamo capito bene, alcuni genitori hanno impedito di mettere in scena il testo che tutti volevamo rappresentare?"

"Sì," ha confermato il Direttore.

"Quindi è una censura ingiusta!"

"In un certo senso," ha ammesso il Direttore.

La minoranza rumorosa aveva avuto di nuovo la meglio sulla maggioranza silenziosa.

Abbiamo strillato tutti in coro: "Democrazia!" Poi abbiamo chiesto al Direttore: "Insomma, qual è la parola vietata?"

Il Direttore sembrava imbarazzato. Ha guardato la signorina Jennings che gli ha ingiunto di parlare liberamente:

"Forza, glielo dica."

Lui ha esitato un attimo, poi ha mormorato:

"Parti genitali..."

Poiché non aveva parlato a voce molto alta, abbiamo capito tutti male.

"'Parti geniali?'" ha ripetuto Artie. "Non si ha il diritto di dire 'parti geniali'?"

Giusto: perché tanta agitazione a proposito delle parti più geniali?

"Parti genitali," ha ripetuto il Direttore.

Siamo rimasti confusi perché non sapevamo cosa fossero, quelle parti genitali.

"Le parti genitali sono le nostre parti intime," ci ha spiegato alla fine la signorina Jennings.

"Vuole dire i pisellini?" ha domandato Artie.

Abbiamo riso perché aveva detto 'pisellino'.

"È una cosa volgare?" ha chiesto Otto.

"No," ha risposto il Direttore.

"Allora qual è il problema?" ha chiesto Artie. "Tutti abbiamo un pisellino. I maschietti hanno un pisellino che si vede e le femminucce un pisellino nascosto."

"Eh già," ha detto la signorina Jennings. "Tutta questa storia per una sciocchezza del genere"

Sembrava davvero scossa. Abbiamo esclamato tutti:

"No alla censura!"

Allora io e i miei amici abbiamo avuto un'idea fantastica.

Un'idea che avrebbe sicuramente fatto piacere alla signorina Jennings e, soprattutto, avrebbe fatto trionfare la democrazia. Ma a lei non abbiamo detto niente.

Abbiamo deciso di farle una sorpresa.

E, in effetti, sarebbe stata una sorpresa coi fiocchi…

18. La recita di fine anno (1/2)

Mancava una settimana alla recita di fine anno.

Durante la ricreazione gli alunni non parlavano d'altro. Il Direttore aveva detto che sarebbe stato uno spettacolo libero, e cioè che ognuno sarebbe salito sul palco e avrebbe interpretato per i genitori quello che voleva. Tutti si interrogavano a vicenda su cosa avevano in mente di fare. Balthazar, a mo' di esibizione, avrebbe voluto emettere un gigantesco rutto nel microfono. L'idea ci ha fatto sbellicare, ma Balthazar ha detto che, se l'avesse fatto, suo padre gli avrebbe sicuramente mollato due bei ceffoni e questo ci ha subito cancellato la voglia di ridere.

"E voi?" ci hanno chiesto gli altri alunni. Siamo stati evasivi. "Facciamo qualcosa in comune. Vedrete."

Il tempo è passato in fretta e la grande serata è arrivata in un battibaleno. L'aula magna era strapiena. Il Direttore ha aperto la manifestazione con un discorso un po' penoso: "Auguro il benvenuto a tutti i genitori. Quest'anno la recita di fine anno è uno spettacolo libero. In pratica, abbiamo lasciato i bambini liberi di presentare su questo palco un'esibizione a loro scelta. Eventuali lagnanze vanno rivolte direttamente ai bambini. Grazie e buone feste!"

Poi gli alunni sono entrati in scena uno per volta, una classe dopo l'altra. Il Direttore si occupava di schiacciare il pulsante che apriva e chiudeva il sipario. Dopo ogni esibizione, i genitori applaudivano senza troppo entusiasmo, il Direttore chiudeva il sipario e poi lo riapriva per un nuovo bambino. Ci sono state poesie, canzoni, molti numeri musicali, giochi di destrezza, un'esibizione di calcolo mentale che è stata un fiasco completo e un esercizio acrobatico che è finito in lacrime.

Balthazar, invece, ci ha fatto ridere un sacco. Ha finto che il microfono non funzionasse. È salito sul palco, ha preso il microfono come se stesse per recitare qualcosa e ha mosso le labbra senza parlare. Tutti pensavano che il microfono non funzionasse e alcuni genitori si sono messi a urlare: "Voce! Voce!" Il Direttore è sbucato sul palco, ha picchiettato sul microfono con un dito e quando ha sentito che funzionava, ha lasciato la scena, e Balthazar ha ricominciato a far finta di parlare. Il Direttore, pensando che il microfono non funzionasse di nuovo, è tornato indietro di corsa. Balthazar ha ripetuto più volte la sua scenetta. Il Direttore era in un bagno di sudore. In platea, il padre di Balthazar ha esclamato:

"Tutti i bambini hanno avuto un microfono funzionante, tranne mio figlio, ovvio!"

"È lo stesso microfono per tutti!" ha replicato il Direttore nel microfono, costatando che funzionava perfettamente.

A quel punto, tutti hanno capito che Balthazar aveva fatto uno scherzo. Io ho trovato che l'esibizione di Balthazar fosse la più divertente e la più interattiva di tutte, ma il suo papà non sembrava condividere la mia opinione. Ha urlato:

"Balthazar, razza di mascalzone, a casa due ceffoni non te li toglie nessuno!"

A quel punto il Direttore, che aveva ancora il microfono in mano, si è talmente arrabbiato che è diventato tutto rosso:

"Nessuno schiaffeggerà nessuno! Siamo alle soglie del Natale ed esigo che tutti righino dritto! Altrimenti chiamo la polizia!"

Questo ha calmato gli animi. Il povero Direttore sembrava stremato. Per fortuna, erano quasi arrivate le vacanze. Gli avrebbero fatto bene.

E poi è venuto il nostro turno. Dovevo cominciare io. Ho preso il mio posto sulla scena. Il Direttore ha schiacciato il pulsante del sipario.

Avevo una gran tremarella, ma non potevo certo filarmela, nemmeno per idea.

19. La recita di fine anno (2/2)

Si è aperto il sipario.

Ero vestita tutta di bianco. Ho iniziato a camminare sul palcoscenico e ho detto:

"Io sono la Democrazia. Grazie a me, tutti sono liberi."

Otto è entrato in scena. Gli avevamo incollato sui vestiti pagine del testo del finto Babbo Natale. In mano teneva un sacchetto.

"Io sono un testo teatrale!" ha esclamato Otto.

Gli ho detto:

"Vieni con me, amico Testo Teatrale. Io ti proteggo. Grazie a me sei libero! Che cosa c'è nel tuo sacchetto, amico Testo Teatrale?"

"Nel mio sacchetto ci sono delle parole," ha risposto Otto il Testo Teatrale.

"Proteggo anche le tue parole," ho detto.

Poi sono apparsi Giovanni, Artie e Yoshi con delle parrucche grigie in testa e dei bastoni in mano. Hanno esclamato tutti (tranne Yoshi):

"Noi siamo i genitori e non ci piace la democrazia!"

Hanno fatto finta di uccidermi. Avevo una bottiglia di ketchup in tasca e me la sono versata sui vestiti bianchi per far capire agli spettatori che ero morta. A me è sembrata una trovata fantastica. Ma i veri genitori avevano delle facce strane.

Poi i genitori fasulli (Giovanni, Artie e Yoshi) hanno fatto finta di accorgersi di Otto il Testo Teatrale.

"Attacchiamo questo testo teatrale!" hanno gridato.

Otto il Testo Teatrale si è messo a urlare:

"Aiuto! Aiuto! Hanno ucciso la democrazia! Ora non c'è più nessuno a proteggermi!"

A quel punto, i finti genitori hanno aggredito Otto il Testo Teatrale con i bastoni, fingendo di rompere il sacchetto che aveva in mano, prima di brandirlo come un trofeo di fronte al pubblico.

Allora Otto il Testo Teatrale si è lamentato:

"Hanno rotto il mio prezioso sacchetto di parole!"

Io ho fatto come se non fossi completamente morta e, rialzando la testa, ho domandato con voce sofferente:

"Che parole c'erano nel tuo sacchetto, amico Testo Teatrale?"

"Le parti genitali!" ha esclamato Otto il Testo Teatrale. "Sono un testo teatrale incompleto perché mi hanno tagliato le parti genitali!"

Poi Otto il Testo Teatrale si è messo in ginocchio per supplicare i finti genitori.

"Ridatemele, per favore! Ridatemi le mie parti genitali!"

"No," hanno risposto in tono secco i finti genitori. "Perché le parti genitali sono una parola proibita!"

I finti genitori hanno intonato una canzoncina martellante, girando in cerchio attorno a Otto il Testo Teatrale: "Parola proibita! Parola proibita! Qui la democrazia non è gradita!"

Dopodiché ci siamo schierati tutti in fila di fronte al pubblico e abbiamo esclamato:

"Quello che non può essere detto, può essere mostrato!"

E ci siamo messi tutti nudi.

Poi Otto il Testo Teatrale ha fatto dondolare il suo pisellino arringando gli spettatori:

"Guardate le mie parti genitali! In nome della democrazia, guardatele bene!"

E io, rivolgendomi al pubblico, ho aggiunto:

"Andiamo tutti a votare, amici, per salvare la democrazia!"

In quel momento è apparso Thomas, in tenuta da karateka, con un enorme paio di baffi finti incollati sotto il naso, proprio come quelli di suo padre. E ha detto:

"Ah no! Io non voglio votare! Preferisco tenere il broncio nella mia palestra di karatè."

E con questo, il nostro spettacolo è terminato.

In sala è calato un silenzio totale.

Non un solo applauso.

Credo che i genitori fossero rimasti di stucco. Abbiamo comunque fatto un inchino, perché così fanno gli attori dopo ogni esibizione. Poi il Direttore, che sembrava spaventato, ha chiuso il sipario.

Quando siamo usciti dall'aula magna, i nostri genitori avevano delle facce strane. Otto è stato duramente rimproverato dalla madre perché si era messo della colla sui vestiti. Anche mia madre mi ha sgridata perché il mio bel vestito bianco era coperto di ketchup e le macchie di ketchup non vanno più via. Io ho pensato che non era poi così grave perché in questo modo avrei avuto un bel ricordo dello spettacolo ogni volta che mi sarei messa quel vestito.

*

"Non è poi così grave?" mi ha interrotta la mamma in cucina. "Pensi che ti lascerò indossare un vestito disseminato di macchie?"

Ne ho approfittato per mangiare un altro pezzetto di torta. Papà ha detto:

"La recita di fine anno è stata la settimana scorsa. Vorrei proprio sapere cosa può essere successo in una settimana per trasformare in una catastrofe anche la visita di oggi allo zoo."

"È stato a causa di quello che ho visto uscendo dall'aula magna dopo la recita," ho spiegato.

"E si può sapere cos'hai visto?" ha domandato papà in tono impaziente.

*

Una settimana prima, mentre lasciavo l'aula magna insieme ai miei genitori, avevo intravisto all'improvviso, in mezzo alla folla, la signora cattiva del negozio di animali! Era lì, tra il pubblico! Ho pensato che il mio cuore avrebbe smesso di battere. Quando anche noi ci siamo diretti verso il parcheggio insieme a lei, mi è stato facile pedinarla e vederla salire sulla sua macchina rossa, con il fanalino posteriore destro rotto e l'adesivo sul paraurti.

Sono rimasta a bocca aperta: la signora cattiva quindi era la madre di un alunno della scuola.

20. Abbiamo trovato il colpevole

Nei giorni seguenti alla recita di fine anno, tutti a scuola hanno parlato della nostra esibizione.

I genitori erano scandalizzati. Ma gli altri alunni, che ci avevano preso in giro al nostro arrivo, adesso ci guardavano ammirati.

La più meravigliata era la signorina Jennings. Non riusciva a credere a quello che avevamo fatto. Ci ha detto che avevamo dato una bella lezione ai genitori e che era molto fiera di noi. E noi ne eravamo strafelici, perché la signorina Jennings ci piace veramente tanto.

Ormai mancava solo una settimana di lezioni prima delle vacanze di Natale e la signorina Jennings ci ha ricordato che l'ultimo giorno di scuola prima delle feste ci avrebbe portati come previsto allo zoo. Abbiamo accolto le sue parole con grida di approvazione non troppo convinte, e la signorina Jennings ci ha chiesto:

"Tutto bene, pulcini miei? Sembrate preoccupati."

Le abbiamo risposto che andava tutto bene, ma in realtà eravamo veramente preoccupati: stavamo quasi per concludere la nostra indagine. Avevamo trovato il legame tra la signora cattiva e la scuola speciale: era la madre di un alunno della scuola dei bambini normali. Lo aveva fatto per sbarazzarsi di noi? Era invidiosa della nostra piccola e graziosa scuola? O era semplicemente cattiva? Presto lo avremmo scoperto. Perché ormai dovevamo affrontarla. E lo avremmo fatto il mercoledì seguente. Con la nonna di Giovanni.

La nonna di Giovanni diceva che era il faccia a faccia finale. Nelle serie TV, l'investigatore piomba di punto in bianco a casa del colpevole e gli spiega nei particolari com'è risalito fino a lui e che non riuscirà a farla franca. Ed è quello che avremmo fatto anche noi. Sarebbe stato bellissimo. Ma eravamo comunque nervosi.

Il mercoledì stabilito, Giovanni ci ha invitati tutti a casa sua come se fosse un giorno qualunque. E poiché da Giovanni nessuno ci sorveglia, non ci siamo trattenuti a lungo: ci siamo eclissati, svignandocela nel cortile dove, a bordo di una macchina, ci aspettavano la nonna e il suo autista-chauffeur.

Siamo andati al centro commerciale, pensando che in un giorno lavorativo la signora cattiva sarebbe stata di certo nel suo negozio di animali.

Invece non c'era.

Nel negozio di animali c'era solo un ragazzo che stava pulendo gli acquari. Ci ha spiegato che quel giorno la titolare era in ferie. Quindi siamo risaliti in macchina e siamo andati a casa della signora cattiva.

Arrivando, abbiamo visto la sua auto parcheggiata. Era lì. Era suonata l'ora della verità.

Prima che suonasse la verità, però, abbiamo suonato il campanello. Stavamo tutti addossati l'uno all'altro, con la nonna alle nostre spalle.

La porta si è aperta lentamente e abbiamo visto la signora cattiva ritta davanti a noi. Faceva un po' paura. Ci ha guardato con i suoi occhietti piccoli e ci ha domandato in tono brusco:

"Cosa volete?"

Ora che la vedevo da vicino, ho pensato che era troppo vecchia per essere la madre di un alunno.

È stata la nonna di Giovanni a parlare:

"Questi bambini hanno qualcosa da dirle..."

"Ah, allora siete stati voi a lanciare un'altra volta nel mio giardino quel maledetto pallone, rovinando tutte le mie aiuole?" ci ha rimbrottato la signora cattiva.

La nonna ha ribattuto con il tono di un detective televisivo:

"Sarebbe preferibile parlare all'interno."

La signora cattiva, incuriosita, si è fatta da parte e siamo entrati tutti in casa. Nelle serie televisive immagino che ci sia sempre posto per tutti, ma noi stavamo stretti come sardine nell'ingresso della casa.

"Insomma, che c'è?" si è spazientita la signora cattiva. "Non ho tutto il giorno."

Allora io mi sono buttata:

"Signora cattiva, sappiamo quello che ha fatto."

"Cosa ho fatto?"

"Ha allagato la nostra scuola."

La signora cattiva è sembrata cadere dalle nuvole. Ci ha fissato come se fossimo completamente pazzi.

"Sappiamo tutto, signora cattiva," ha aggiunto Giovanni.

"Non serve a niente negare, signora cattiva, è spacciata," ha concluso la nonna.

"Potreste smetterla di chiamarmi 'Signora cattiva'," si è irritata la signora cattiva, "e spiegarmi di cosa state parlando?"

"Lei si è introdotta nella nostra scuola speciale, ha otturato gli scarichi dei lavandini con la plastilina di Yoshi e ha fatto scorrere l'acqua dai rubinetti durante tutto il fine-settimana per allagarla. Non può negarlo: la sera dell'allagamento un testimone l'ha vista lasciare la scuola dall'uscita di sicurezza e scappare a bordo della sua auto. Un'auto rossa, con il fanalino posteriore destro rotto e un adesivo del suo negozio di animali sul paraurti."

La signora cattiva è rimasta di sasso.

"*Zacchete!*" ha esclamato la nonna. "Scacco matto!"

In quel momento, il mio sguardo è caduto sul mobile dell'ingresso, dove c'erano una lampada e delle cornici. In una c'era la foto di qualcuno che conoscevamo tutti. Sono rimasta sbalordita.

Ho afferrato la cornice e ho chiesto alla signora cattiva:

"Perché ha una foto del Direttore?"

"Perché è mio figlio," ha risposto la signora cattiva, che in realtà non era cattiva.

Ci ha fissato con aria imbarazzata, poi ci ha proposto con voce dolce:

"Perché non ci accomodiamo in salotto? Preparo della cioccolata calda e ho dei biscotti buonissimi."

Una volta in salotto, la signora ci ha raccontato cosa era successo. Esattamente come nelle serie televisive.

"So chi siete," ci ha confidato. "Siete i bambini della scuola speciale..."

Abbiamo annuito e lei ha continuato:

"Mi è piaciuto molto il vostro spettacolo, l'altra settimana. È stato coraggioso. E avete dato una bella lezione a quegli idioti dei genitori. Sapete, mio figlio mi parla spesso di voi. Gli piacete molto. E c'è un'altra persona che gli piace molto. O meglio, che ama. La vostra maestra..."

"*La signorina Jennings*?" ho detto. "Il Direttore è innamorato della signorina Jennings?"

"Da molto tempo. Ma mio figlio è timidissimo..."

"Non sembrerebbe," ha fatto notare Otto.

"Le persone più timide sono spesso quelle che lo nascondono meglio," ha detto la signora. "Per mesi, mio figlio ha ammirato la signorina Jennings senza osare avvicinarla né rivolgerle la parola. Ci ha provato innumerevoli volte: l'ha perfino aspettata all'uscita della vostra scuola con dei fiori. Ogni volta l'ha guardata passare, incapace di pronunciare la benché minima parola. Questo lo rendeva infelice, e nessuna madre al mondo vuole vedere suo figlio infelice. È stato allora che mi è venuta quest'idea un po' folle: rendere impraticabile la vostra scuola speciale in modo che mio figlio potesse accoglievi nella sua scuola per i bambini normali. È stato l'unico modo che ho trovato per permettergli di stabilire un contatto con la signorina Jennings."

"Quindi è stata lei ad allagare la scuola speciale, o è stato il Direttore?" ho chiesto.

"Tutti e due. L'ho accompagnato in macchina. Per essere sicura che non si tirasse indietro. E perché non potessero identificare la sua auto. Poi è stato lui a introdursi nella scuola e a provocare l'allagamento. È una brutta cosa, lo so, molto brutta. Ma non ne sono pentita, perché non ho mai visto mio figlio così felice come da quando siete arrivati voi."

All'improvviso tutte le tessere del nostro puzzle si incastravano. Il Direttore aveva un movente, e cioè un grande interesse ad allagare la scuola: avere l'opportunità di avvicinarsi alla signorina Jennings, di cui era innamorato. Qualche settimana prima, aveva sorpreso Balthazar nella scuola speciale e così aveva scoperto che l'uscita di sicurezza non si chiudeva dall'esterno e che questo gli permetteva di accedere all'edificio. La mattina in cui è stato scoperto l'allagamento, lui era lì tra i curiosi. Il poliziotto ci aveva detto che i colpevoli lo facevano spesso. Il Direttore era stato sotto i nostri occhi fin dall'inizio, e noi non avevamo visto niente!

Allora ho detto alla signora:

"Mamma del Direttore, suo figlio ha fatto una stupidaggine enorme! Più grave della caduta dell'insegnante di ginnastica, più grave del poliziotto investito da una macchina, più grave di Babbo Schiaffone o dello spettacolo delle parti genitali! Ha allagato la nostra scuola! E noi eravamo molto affezionati alla nostra scuola!"

"Mi dispiace davvero," ha mormorato la mamma del Direttore. "L'amore a volte può far perdere la testa. Io ho perso la testa per amore di mio figlio, e mio figlio ha perso la testa per amore della vostra signorina Jennings. E adesso perderà il lavoro..."

Ne ho approfittato per fare alla madre del Direttore la domanda che ci arrovellava tutti:

"Qual è di preciso il lavoro di suo figlio?"

"Il suo compito è proteggere i bambini."

Ci ha rattristato molto che il Direttore dovesse perdere il lavoro. Io e i miei amici abbiamo discusso un po' con la nonna di Giovanni, poi abbiamo detto alla signora:

"Non diremo niente a proposito dell'allagamento. Non si preoccupi."

La signora era commossa. Ci ha ringraziato e ha detto:

"Siete dei bravi bambini."

*

In cucina, mamma e papà mi guardavano con un'aria da allocchi. Sembrava che stesse per cadergli la mascella.

"È... È stato il Direttore ad allagare la vostra scuola?"

"È un segreto," ho ricordato loro. "Non potete raccontare niente a nessuno. Noi lo abbiamo perdonato. Sapete, quando si è innamorati, a volte si fanno cose assurde."

Allora papà mi ha detto:

"Non capisco che cosa c'entri tutto questo con quello che è successo oggi allo zoo."

Invece c'entrava, perché dopo la visita a sua madre abbiamo deciso di aiutare il Direttore e fare in modo che la signorina Jennings si innamorasse di lui.

A me e ai miei amici piace aiutare gli altri. Ma come dice mamma, "la strada per l'inferno è lastricata di buone intenzioni".

21. La catastrofica visita allo zoo

Avevamo bisogno di un piano per aiutare il Direttore. Come fare in modo che la signorina Jennings si innamorasse di lui?

Non era un'impresa facile: il povero Direttore era quasi calvo e non molto bello. Abbiamo persino fatto un sondaggio tra le bambine della scuola: il cento per cento di loro lo trovava brutto.

Alla fine, l'idea ci è venuta il giorno prima della visita allo zoo, quando il Direttore è entrato nella nostra classe (ormai avevamo capito che veniva a trovare la signorina Jennings) e ci ha detto: "Miei piccoli birbanti, domani vi accompagnerò allo zoo." E allora abbiamo avuto un'illuminazione: il Direttore doveva compiere un atto eroico.

All'inizio abbiamo pensato di fare qualcosa sul pulmino. Per esempio, nei film l'eroe salva dei bambini intrappolati in un autobus in fiamme. Ma poiché non eravamo del tutto sicuri che il Direttore sarebbe riuscito a salvarci, quell'idea del fuoco ci è sembrata un po' troppo rischiosa. Allora Thomas ha suggerito che poteva far finta di soffocare con un boccone di cibo e il Direttore lo avrebbe salvato. Ci ha mostrato come fingeva di soffocare e l'abbiamo trovato uno stratagemma fantastico.

E così il giorno dopo, sul pulmino della scuola, mentre eravamo diretti allo zoo, Thomas ha fatto finta di non riuscire più a respirare perché gli era andato di traverso un biscotto. Ma invece di salvarlo, il Direttore, che per di più si trovava proprio accanto a lui, si è fatto prendere dal panico e ha iniziato a cacciare grida terrorizzate: "Aiuto! Sta soffocando! Qualcuno lo aiuti!" L'autobus si è fermato, la signorina Jennings si è precipitata da Thomas, gli ha stretto le braccia intorno alla pancia e Thomas ha fatto come se non stesse più soffocando.

Il Direttore era molto sollevato. Ha detto alla signorina Jennings che era un'eroina. E la signorina Jennings ci ha raccomandato di fare molta attenzione quando mangiamo.

Alla fine, siamo arrivati allo zoo ed eravamo piuttosto scocciati, perché il tragitto in pulmino era finito prima che potessimo far diventare il Direttore un eroe.

Una volta all'interno dello zoo, eravamo tutti su di giri. Ci avevano dato delle piccole mappe che indicavano dove si trovavano i vari animali e non vedevamo l'ora di cominciare la visita. È stato allora che è iniziata la catastrofe.

La signorina Jennings ci ha raccomandato di rimanere sempre tutti insieme. E noi abbiamo ubbidito: siamo rimasti sempre insieme. È stata la signorina Jennings a non ubbidire, perché è rimasta da sola con il Direttore davanti alla vasca dei fenicotteri rosa, senza accorgersi che ci eravamo allontanati di qualche passo. A noi non importava un accidenti dei fenicotteri rosa. Volevamo vedere soprattutto gli animali grandi.

Abbiamo guardato le mappe per decidere quale vedere per primo. Ovviamente, ognuno voleva qualcosa di diverso. Poiché siamo in democrazia, abbiamo deciso di votare, e la maggioranza ha votato per il settore SAVANA AFRICANA, che accoglieva i leoni, gli elefanti, le zebre e i gorilla.

In quell'istante abbiamo sentito una voce familiare che gridava: "Bambini? Bambini? Dove siete?" Era la signorina Jennings che ci stava cercando. Allora ci siamo resi conto che eravamo dietro ad alcuni cespugli e che lei non ci poteva vedere.

Così ci è venuta un'idea geniale: avremmo fatto finta di esserci persi nello zoo e sarebbe stato il Direttore a ritrovarci. Sarebbe diventato un eroe, e la signorina Jennings si sarebbe innamorata di lui.

Ce la siamo svignata con discrezione. Innanzitutto, era fondamentale che fosse il Direttore a trovarci e non la signorina Jennings, e inoltre, più a lungo saremmo scomparsi, più il Direttore sarebbe stato un eroe ritrovandoci.

Per fare le cose come si deve era necessario che andassimo in un posto dove nessuno avrebbe pensato di cercarci. La signorina Jennings immaginava che volessimo vedere gli animali della savana, e di sicuro sarebbe andata lì. Perciò dovevamo andare a vedere degli animali che non ci piacevano per niente. Dopo avere consultato le mappe, abbiamo deciso che l'animale più inutile in quello zoo era la capra delle nevi. Poverina, non avevamo niente contro di lei, ma la capra delle nevi non poteva reggere il confronto con i leoni, le tigri, gli elefanti, le giraffe, gli ippopotami, le zebre, i coccodrilli, i gorilla, gli orsi polari, i pinguini e i rettili.

Così siamo andati al recinto delle capre delle nevi. Come ci aspettavamo, non c'era nessuno, tranne una signora molto anziana seduta su una panchina che parlava da sola, ripetendo senza mai fermarsi: "Sì... Sì... Sì..."

Abbiamo aspettato un po', guardando le capre arrampicate sulle rocce, che brucavano ciuffi d'erba sparsi.

All'improvviso un guardiano dello zoo che passava di lì si è avvicinato a noi con aria sospettosa.

"Vi siete spersi, bambini?" ci ha chiesto.

"No," abbiamo risposto tutti in coro.

"Abbiamo l'aria spersa?" ha aggiunto Otto.

Il custode ci ha squadrati uno dopo l'altro.

"Siete qui da soli?" ha chiesto.

"No, siamo con la nostra nonna," ho risposto, indicando la signora anziana sulla panchina.

Il custode si è avvicinato alla vecchietta:

"Mi scusi, signora, lei è la nonna di questi bambini?"

"Sì... Sì... Sì..." ha risposto la signora anziana.

Il custode, soddisfatto, ha proseguito per la sua strada.

L'avevamo scampata bella! Ci mancava solo che a trovarci fosse un custode e non il Direttore!

Non potevamo più rimanere lì: se la signorina Jennings forniva una nostra descrizione, il custode non ci avrebbe messo molto a rendersi conto che l'avevamo imbrogliato. Dovevamo andare a nasconderci da un'altra parte, ma dove?

Abbiamo consultato di nuovo le mappe. Il posto ideale ci è sembrato il terrario: era un edificio chiuso, abbastanza buio all'interno, che accoglieva rettili e insetti di tutti i tipi.

Dentro c'era molta gente e ci siamo mescolati alla folla accalcata davanti ai vetri delle teche, a osservare chi un boa, chi delle lucertole, chi una tarantola o delle rane multicolori e velenosissime.

All'improvviso, un segnale acustico è riecheggiato dagli altoparlanti. Una voce ha informato i visitatori che un gruppo di sei bambini si era perso nello zoo e ha dato una descrizione molto precisa dei nostri vestiti. Come faceva la signorina Jennings a ricordarsi di quello che indossavamo? Era proprio una maestra in gamba!

Ci è sembrato che tutti i visitatori intorno a noi cominciassero a fissarci: era ora di sloggiare e andare a nasconderci da qualche altra parte.

Mentre uscivamo dal terrario, attraverso la porta a vetri abbiamo visto sbucare sul viale principale una minicar dello zoo con a bordo alcuni dipendenti e la signorina Jennings. Era davvero determinata a ritrovarci. Ma che diamine stava combinando quel dannato Direttore?

Abbiamo aspettato che la minicar sparisse e ce la siamo squagliata nella direzione opposta. Ci siamo ritrovati accanto alla vasca delle otarie. Proprio al momento giusto: era l'ora in cui i guardiani davano loro da mangiare e c'erano un sacco di persone sedute sulle gradinate di pietra. Ci siamo sistemati anche noi tra gli spettatori, sperando di essere invisibili. Ma dagli altoparlanti è riecheggiato di nuovo un segnale acustico, e questa volta è stata la voce della signorina Jennings a risuonare: "Bambini, tesori miei, sono la signorina Jennings. Se mi sentite, andate dall'adulto più vicino e chiedetegli di accompagnarvi da un dipendente dello zoo."

La sua voce era triste e preoccupata, e ci siamo sentiti molto dispiaciuti. Per essere gentili con il Direttore e aiutarlo, stavamo facendo soffrire la signorina Jennings.

Abbiamo lasciato le gradinate senza dare nell'occhio. Passando accanto a una minicar dello zoo parcheggiata lungo il ciglio del viale, abbiamo sentito la radio di bordo che gracchiava: "Ancora nessuna traccia dei bambini smarriti. È stata avvisata la polizia e alcuni agenti arriveranno a breve sul posto." Sentendo questo, ci siamo un po' spaventati. Avevano avvisato la polizia, le cose si stavano facendo serie. Volevamo quasi rinunciare e andare in cerca della signorina Jennings. Ma allo stesso tempo, dopo tanti sforzi, ora che la situazione era davvero grave, il Direttore sarebbe diventato un grandissimo eroe se ci avesse ritrovato.

E poiché il Direttore era chiaramente incapace di ritrovarci, abbiamo deciso di ritrovarlo noi. Certo che era una bella scocciatura dover fare tutto il lavoro da soli.

Abbiamo cercato dappertutto, guardando con attenzione per trovare il Direttore, ma non si vedeva da nessuna parte. Alla fine, girando a caso, siamo arrivati dove volevamo andare fin dall'inizio: alla SAVANA AFRICANA.

Lì, ci siamo dimenticati del Direttore perché siamo rimasti incantati. Dentro enormi recinti c'erano leoni, pantere, giraffe, zebre, ippopotami, rinoceronti e gorilla. Gli animali erano più in basso dei visitatori, così che si potevano osservare perfettamente.

Ci siamo fermati per un po' ad ammirare i leoni. All'improvviso abbiamo sentito: "Miei piccoli birbanti! Eccovi qui!" Ci siamo girati: era il Direttore. Ci aveva ritrovati. Finalmente!

Si è precipitato verso di noi e ci ha tastati tutti, uno dopo l'altro, per assicurarsi che stessimo bene e che nessuno si fosse fatto male.

"Ma dove eravate?" ci ha chiesto.

"Nello zoo!" ho risposto.

"'Nello zoo, nello zoo...', ma non con noi!" ci ha rimproverati il Direttore. "Ci avete fatto prendere un gran spavento, sapete! Forza, venite con me, andiamo a cercare la signorina Jennings. Sarà contenta di vedervi."

Il nostro piano stava funzionando. Ma proprio mentre ci incamminavamo insieme al Direttore, lui ha aggiunto:

"Ora che vi abbiamo ritrovato, potrò darle la mia lettera."

"Quale lettera?" ho chiesto.

"Io... le ho scritto una lettera," ci ha confidato il Direttore.

"Una lettera d'amore?"

"Ehm... sì. Come lo sai?"

"Quando un uomo scrive una lettera a una donna, di solito è una lettera d'amore."

"Veramente, quando mio padre scrive a mia madre," ha precisato Otto, "sono tutti insulti."

"E cosa dice nella sua lettera alla signorina Jennings?" mi sono informata.

"Be'... le confesso i miei sentimenti," ha detto il Direttore, dopo un attimo di esitazione. "Sono settimane che lavoro a questa lettera e non ho ancora avuto il coraggio di dargliela. Oggi è la mia ultima occasione prima delle vacanze..."

"Ce la vuole leggere?" ho proposto. "Così le diremo cosa ne pensiamo."

Il Direttore l'ha trovata un'ottima idea. Ha tirato fuori dalla tasca del cappotto una grande busta. Dentro c'era una lettera di almeno dieci pagine. Mi chiedevo cosa avesse da raccontare alla signorina Jennings.

Il Direttore ha preso la lettera e ha iniziato a leggere:

"*Cara, carissima Mary-Jane. Ho esitato a lungo prima di scriverle queste righe...*"

Otto l'ha interrotto:

"Perché dice 'cara' e poi un'altra volta 'carissima'?"

"Per sottolineare il mio affetto," ha risposto il Direttore.

"E perché scrive a Mary-Jane?" ha chiesto Thomas. "Credevo fosse innamorato della signorina Jennings. Deve decidersi!"

"La signorina Jennings si chiama Mary-Jane," ha spiegato il Direttore. "Se non vi dispiace, vorrei continuare..."

A noi non dispiaceva affatto. Stavamo solo cercando di dargli una mano. Ma proprio mentre il Direttore riprendeva a leggere il suo testo, c'è stata una raffica di vento fortissima. I fogli sono volati via e sono finiti tra i rami di un albero nel recinto dei rinoceronti.

"La mia lettera!" ha urlato il Direttore, lamentandosi.

Poiché l'albero era più in basso, i rami in cui si erano posati i fogli erano alla portata del Direttore. Allora lui ha scavalcato una catena di sicurezza – che è una cosa rigorosamente vietata – ed è salito sul cordolo di cemento – che è ancora più rigorosamente vietato! Si è alzato sulla punta dei piedi ed è riuscito ad afferrare una pagina, poi un'altra e un'altra ancora, fino a recuperare tutte le pagine tranne una. L'ultima era impigliata nel tronco. In un tentativo disperato di prenderla, il Direttore ha messo il piede su un ramo per avere un punto di appoggio prima di allungare lentamente il braccio fino a raggiungere la sua preziosa pagina e stringerla tra le dita. “Vittoria!” ha esclamato. In quel momento, il ramo su cui si trovava ha ceduto e il Direttore è ruzzolato giù nel recinto dei rinoceronti. Ci siamo tutti precipitati a guardare: il Direttore stava col sedere per terra, completamente inebetito.

“Non vi preoccupate, bambini, va tutto bene. Adesso... adesso risalgo,” ci ha urlato.

Un rinoceronte gli si è avvicinato. Il Direttore si è rialzato. Aveva un’aria completamente intontita, poverino. Ci siamo guardati intorno in cerca di un guardiano a cui chiedere aiuto, ma naturalmente quando hai bisogno di qualcuno, non c’è mai nessuno.

Il rinoceronte, che all’inizio sembrava solo curioso, ha cominciato a inferocirsi. Ha agitato il suo corno e grattato il suolo con la zampa. Otto, che se ne intende di tutto, ci ha detto che il rinoceronte lo avrebbe sicuramente caricato. Dovevamo trovare una soluzione prima che il povero Direttore si facesse incornare, ma ecco che il rinoceronte si è lanciato a testa bassa contro di lui e l’ha colpito da dietro, scaraventandolo a terra.

“Non preoccupatevi, bambini,” ci ha gridato il Direttore, lungo disteso. “Va tutto bene.”

Noi veramente pensavamo che non andasse poi così bene. A quel punto abbiamo notato, in fondo al recinto dei rinoceronti, un portoncino metallico: immetteva nel recinto vicino che sembrava vuoto. Abbiamo suggerito al Direttore di entrare nel recinto vuoto mentre noi andavamo a cercare aiuto. Il Direttore si è precipitato verso il portoncino, che era chiuso da grandi chiavistelli scorrevoli. Ha armeggiato con i chiavistelli, lo ha aperto ed è passato nel recinto accanto, richiudendo il battente dietro di sé.

Abbiamo urlato al Direttore:

"Non si muova, signor Direttore. Andiamo a cercare aiuto e torniamo."

Ma in quell'istante Giovanni si è accorto di un cartello che non avevamo notato, sul quale c'era scritto che nel recinto dove si trovava ora il Direttore vivevano dei ghepardi.

Otto ha detto che era un bel problema, perché i ghepardi sono belve temibili. Ci è venuto in mente che forse il Direttore avrebbe fatto meglio a tornare dai rinoceronti, ma non abbiamo avuto il tempo di parlare perché abbiamo sentito il Direttore lanciare delle urla. Abbiamo guardato nel recinto: tre ghepardi che erano sbucati dalle erbe alte si avvicinavano al Direttore ruggendo.

Otto ci ha spiegato che non bisogna mai correre in presenza delle belve feroci, perché questo fa scattare il loro istinto predatorio. Ma prima che potessimo dargli la minima indicazione, il Direttore si è messo a correre verso il portoncino che dava su un altro recinto. Uno dei ghepardi è balzato sulla schiena del Direttore, che ha cacciato altre urla e si è liberato dell'animale togliendosi il cappotto. Il ghepardo si è accanito sul cappotto, mentre il Direttore ha raggiunto il portoncino metallico, ha fatto scorrere i chiavistelli, l'ha aperto e si è precipitato nel recinto successivo.

Il povero Direttore sembrava completamente stravolto, ma ci ha detto:

"Non vi preoccupate, bambini! Va tutto bene."

Noi ci siamo affrettati a vedere che animale vivesse lì. Thomas è arrivato per primo al cartello e ci ha detto: "Tutto a posto, ci sono delle scimmie."

"Tutto a posto, ci sono delle scimmie," abbiamo ripetuto al Direttore.

Ma Otto, che di animali se ne intende, ha emesso un "Oh-oh!" allarmato quando ha visto il cartello.

"È un gorilla occidentale," ha spiegato. "È il più grande e il più forte dei gorilla!"

E proprio in quel momento il Direttore ha urlato di nuovo. Siamo corsi a vedere cosa stava succedendo e abbiamo visto un gorilla gigantesco ritto di fronte al

Direttore, che accanto all'animale sembrava piccino piccino. Il Direttore ha alzato la testa verso di noi e ci ha detto:

"Non vi preoccupate, bambini! Va tutto bene."

Aveva appena finito la frase quando il gorilla l'ha afferrato e ha cominciato a scuoterlo. Il Direttore si sgolava come un ossesso. Dovevamo salvarlo, era un po' colpa nostra se era finito lì dentro.

Thomas ha deciso che avrebbe attaccato il gorilla con una mossa di karatè. Dopo avercelo annunciato, è salito sul muretto di cemento e ha studiato la fossa. Sotto di lui c'era un enorme mucchio di rami e foglie ed è saltato giù.

Quando Thomas è atterrato tra le fronde, il gorilla si è spaventato e ha mollato la presa sul Direttore. Poi si è allontanato da lui e ha fissato Thomas.

Otto ha detto che, se fossimo stati in tanti nella fossa, saremmo riusciti a tenere il gorilla a distanza. È saltato giù a sua volta, e poi siamo saltati tutti, perché siamo una banda di amici e non ci abbandoniamo mai.

Una volta laggiù, abbiamo sentito delle urla sopra le nostre teste. Sul muretto c'erano dei visitatori, che si sono messi a gridare: "Dei bambini sono caduti nella fossa dei gorilla!"

Il gorilla ci ha guardati, e anche noi lo abbiamo guardato. C'era della frutta a terra e gliel'abbiamo lanciata. Lui ha mangiato la frutta continuando a guardarci. Era divertente dare da mangiare a quel grosso scimmione, che in fin dei conti era abbastanza simpatico. Il povero Direttore, invece, aveva proprio un'aria malridotta, dopo essere stato caricato da un rinoceronte, inseguito dai ghepardi e sballottato da un gorilla. Lungo disteso a terra, continuava a ripeterci: "Non vi preoccupate, bambini! Va tutto bene."

Sopra le nostre teste c'era un sacco di gente che guardava e lanciava urla. All'improvviso un portoncino metallico si è aperto con gran fracasso e sono apparsi dei guardiani dello zoo. Uno di loro aveva un fucile con le freccette, ma non ha avuto bisogno di usarlo. Il gorilla è rimasto buono buono, credo che fosse impressionato da Thomas e dalle sue mosse di karatè. Sembra che gli animali abbiano un sesto senso e riescano a percepire queste cose.

I guardiani dello zoo ci hanno portati con loro. Noi li abbiamo seguiti, ma, dopo tutte quelle emozioni, le gambe del Direttore non lo reggevano più. Due guardiani l'hanno trascinato via. Abbiamo preso una scala segreta e ci siamo ritrovati in uno dei viali centrali dello zoo. All'improvviso intorno a noi si è raccolta un'enorme quantità di gente. Era impressionante. Qualcuno ci ha chiesto:

"Cosa è successo?"

"Siamo caduti nella fossa dei gorilla e il Direttore della nostra scuola ci ha salvati!" ho risposto.

Un mormorio ha percorso la folla. Poi sono arrivati altri dipendenti dello zoo e la signorina Jennings. E anche dei poliziotti e degli infermieri. La signorina Jennings si è fiondata verso di noi e ci ha stretti tra le braccia piangendo. Gli infermieri si sono occupati del Direttore e l'hanno messo su una barella. Poi ci siamo incamminati verso l'uscita dello zoo e alcune persone hanno iniziato a gridare, indicando il Direttore: "Quest'uomo ha salvato i bambini! Quest'uomo ha salvato i bambini!"

Hanno cominciato tutti ad applaudire. Io e i miei amici dicevamo alla folla: "Saremmo tutti morti senza il Direttore!" E la gente applaudiva ancora più forte.

Quando siamo arrivati all'uscita dello zoo, c'era un'agitazione pazzesca: poliziotti, pompieri, infermieri e un gran numero di curiosi. C'erano anche il sindaco e i giornalisti. I nostri genitori erano stati avvisati e stavano venendo.

I giornalisti hanno scattato delle foto al Direttore sulla barella. Tutti gridavano: “È un eroe! È un eroe! Ha salvato quei bambini!”

E tutti si sono messi ad applaudire il Direttore e ad acclamarlo: “Grazie!”, “Bravo!”, “Viva l’eroe!”. Sulla barella, il Direttore sollevava le dita nella V di vittoria, mentre i fotografi scattavano foto e i giornalisti gli tendevano i microfoni.

*

In cucina, mamma e papà mi hanno guardato con occhi sgranati.

“Ma… siete stati voi a salvare il Direttore!” ha esclamato mamma.

“Siete voi gli eroi!” ha aggiunto papà. “Senza di voi sarebbe stato incornato dai rinoceronti, o divorato dai ghepardi, o stritolato dai gorilla.”

Io non ho risposto niente. E visto che i miei genitori mi fissavano a bocca aperta, mi sono servita un’altra fetta di torta. Poi, mettendomi un dito davanti alle labbra, ho detto:

“*Ssh*… Tutto questo deve rimanere un segreto.”

Si chiama tenere un profilo basso.

22. Una merenda onorevole

Il giorno dopo la catastrofica visita allo zoo, i miei genitori mi hanno accompagnata all'ospedale per andare a trovare il Direttore.

Nella sua stanza c'era la signorina Jennings. Stringeva tra le mani un quotidiano del giorno, dove campeggiava un'enorme fotografia del Direttore sormontata dal titolo:

UN EROE

La signorina Jennings sembrava incredibilmente fiera del Direttore. Vedendomi entrare nella stanza, si è alzata per farmi posto.

"Tornerò a farle visita più tardi," gli ha detto.

In quell'istante, il Direttore le ha preso la mano e le ha mormorato:

"Mary-Jane... quando uscirò da qui, potremmo andare a cena insieme."

"Con piacere," ha risposto con un gran sorriso la signorina Jennings.

Speravo solo che durante quella cena il Direttore mangiasse in modo pulito ed educato. Al Christmas Party l'avevo visto imbrattarsi di salsa dappertutto e, se avesse mangiato come un porcello, la signorina Jennings non si sarebbe certo innamorata di lui.

Quando la signorina Jennings se n'è andata, il Direttore mi ha sorriso e ha detto:

"Grazie, Joséphine."

Aveva l'aria davvero contenta, il Direttore. Ne sono stata strafelice.

Gli ho posato davanti un pacchettino che io e la mamma avevamo comprato nel negozio di dolci.

"Che cos'è?" ha chiesto il Direttore.

"È una merenda onorevole," ho risposto.

Lui è scoppiato a ridere.

Gli volevo bene al nostro Direttore.

In fondo, le persone sono come le stelle: solo se le guardi con attenzione ti accorgi di quanto brillano.

Epilogo

Sono passati molti anni dagli avvenimenti che ebbero luogo allo zoo.

Dopo la scuola speciale, e dopo altre scuole, ho lasciato la piccola città dove sono cresciuta per andare all'università e ho perseguito il mio sogno di diventare scrittrice. Il mio primo libro, però, non è stato il famoso dizionario delle parolacce, ma un libro sulle avventure di una bambina speciale intitolato *Le piccole carte da culo.*

Quando è stato pubblicato, ho fatto un tour di presentazioni nelle librerie che mi ha portato anche nella mia città. Erano anni che non ci tornavo.

Durante il firmacopie, si è avvicinata una coppia. Erano tutti e due oltre la cinquantina e li ho riconosciuti immediatamente.

"Che gioia rivederti, Joséphine!" mi ha detto il Direttore.

"Non sei per nulla cambiata," ha aggiunto la signorina Jennings.

Ero così felice di rivederli.

Abbiamo riparlato della visita allo zoo ed è stato allora che il Direttore mi ha suggerito di raccontare tutta la storia.

"Devi assolutamente scriverla in un libro," mi ha incoraggiata. "Offrirà spunti di riflessione a un mucchio di bambini e a un mucchio di adulti."

"Ma è un po' il nostro segreto," gli ho ricordato.

"C'è una prescrizione," ha decretato lui, guardando la signorina Jennings.

"Prescrizione" significa che i segreti possono essere rivelati.

Quella sera, dopo il firmacopie, ho scritto le prime righe di quello che sarebbe diventato questo libro.

Lo dedico a tutti i bambini del mondo.

Post scriptum

Per chi se lo stesse chiedendo, Thomas ha ricevuto il suo regalo di Natale: il pupazzetto di un karateka. Thomas era felicissimo.

In fondo, è simpatico questo Babbo Natale.

Qualche parola a proposito di *La catastrofica visita allo zoo*

All'inizio del 2024 è uscito il mio settimo romanzo. Erano trascorsi dodici anni dall'inizio della mia carriera di scrittore e dal successo di La verità sul caso Harry Quebert.

Che bilancio trarre di questi dodici anni?

Molte delle librerie dalle quali ero stato invitato al mio esordio avevano ormai chiuso. Quelle rimaste, per sopravvivere, erano costrette ad aggiungere sui loro scaffali tutta una serie di articoli che non avevano nulla a che fare con la letteratura. A bordo di autobus, metropolitane, treni e aerei, le persone stavano con gli occhi fissi sugli schermi dei cellulari, avendo in gran parte rinunciato al piacere della lettura durante i loro spostamenti.

Tutto questo è indice di una vera e propria erosione del pubblico dei lettori? O siamo semplicemente così intontiti dai social network e dai loro diabolici algoritmi da aver dimenticato che agiscono sulle nostre menti come delle slot-machine, succhiandoci non i soldi ma le nostre energie, il nostro tempo e la nostra attenzione? Questi schermi onnipresenti ci hanno fatto rinunciare a guardarci intorno, a socializzare e a informarci, per sprofondare pian piano e sempre di più nelle nostre piccole cerchie protette, se non addirittura in noi stessi.

Malgrado questo mondo sempre più polarizzato e diviso a causa della nostra incapacità di staccare gli occhi dal telefonino per vivere meglio insieme, resto ottimista e pieno di speranza, perché in dodici anni c'è qualcosa che non è cambiato. Libro dopo libro, e in paesi del mondo intero, durante i firmacopie nelle librerie mi capita di incontrare centinaia di lettori entusiasti, tutti molto diversi fra loro. Che cos'hanno in comune queste persone? Forse niente! Sono giovani, anziani, leggono un libro alla settimana o uno all'anno. Sono di tutte le origini, di ogni credenza, convinzione e opinione. Bambini, genitori e nonni. Con veli, kippah, turbanti, piercing, tatuaggi, completi giacca e cravatta. Anticonformisti, eccentrici. Persone che si direbbero diametralmente opposte, ma che simpatizzano facendo la coda in una libreria.

Ho visto nascere legami, intrecciare amicizie, scambiare numeri di telefono, strette di mano e abbracci. Eccolo il vero successo dei libri. Non dei miei *in particolare, ma di* tutti *i libri. Riconciliare le persone, permettere loro di incontrarsi, di ritrovarsi. È questo il vero potere della letteratura.*

La cosa che più mi commuove nei feedback che ricevo dai lettori sono le letture comuni e condivise: in famiglia, tra amici, nei circoli di lettura. Con La catastrofica visita allo zoo, *che avete appena terminato di leggere, ho quindi cercato, con modestia e umiltà, di scrivere un libro che potesse essere letto e condiviso da tutti i lettori, chiunque essi siano e ovunque si trovino, dai sette ai centoventi anni. Con i vostri figli, il vostro coniuge, i vostri genitori, i vostri vicini, i vostri colleghi.*

Un libro che faccia venir voglia di leggere e da far leggere a tutti, senza distinzioni. E che ci permetta di ritrovarci. Sul serio.

J.D.

Indice

Finito di stampare
nel mese di marzo 2025
presso
Grafica Veneta S.p.A.
Via Malcanton 2 – Trebaseleghe (PD)

Printed in Italy